D0687590

Y DE REPENTE, UN ÁNGEL

Autores Españoles e Iberoamericanos

JAIME BAYLY

Y DE REPENTE, UN ÁNGEL

Finalista Premio Planeta
2005

Planeta

Diagonal, 662-664, 08034 Barcelona (España)

Primera edición: noviembre de 2005

Depósito Legal: M. 40.961-2005

ISBN 84-08-06312-X

Composición: Víctor Igual, S. L.

Impresión y encuadernación: Brosmac, S. L.

Printed in Spain - Impreso en España.

Para Victoria Mercedes Méndez Valenzuela,
que cuida a mis hijas como si fueran suyas

Los niños empiezan queriendo a sus padres. Pasado un tiempo, los juzgan. Y rara vez, o casi nunca, los perdonan.

OSCAR WILDE,
Una mujer sin importancia

Pesa más la rabia que el cemento.

SHAKIRA, *Fijación oral*

1

Soy un cerdo. Mi casa está inmunda. No la limpio hace meses. Nadie viene a limpiarla. No me gusta que entre gente extraña. En realidad, no me gusta que entre nadie, salvo Andrea.

De vez en cuando, arranco un pedazo de papel higiénico, lo humedezco y lo paso por ciertos rincones donde el polvo se hace ovillos. No barro la casa ni paso la aspiradora ni me agito con plumeros y franelas. Me parece inútil. El polvo vuelve siempre, y en esta ciudad, todavía más.

A veces mato a las arañas que se esconden en las esquinas, disparándoles un aerosol naranja. Pero el aerosol deja un olor desagradable y luego tengo que recoger a las arañas muertas y echarlas al inodoro y la operación me da asco. Por eso, generalmente, las dejo tranquilas. Si no se meten conmigo, pueden vivir en mi casa. Lo mismo hago con las hormigas. Entran en filas a la cocina, las observo con curiosidad y procuro no pisarlas. Mi casa es una inmundicia, pero yo no soy tan sucio. Me baño todos los días o casi todos los días. Los domingos me cuesta más trabajo bañarme.

Anoche vino Andrea. Viene todos los lunes, que es el día en que no trabaja en la librería. Le tengo cariño, pero prefiero verla sólo una vez por semana, no más. Andrea me trajo un libro robado. Me encanta que robe libros de su librería para mí. Tiene muy buen gusto. Eligió uno que no había leído. Pedimos comida a un restaurante japonés, vimos televisión y luego hicimos el amor. Cuando estábamos en la cama, una araña descendió lentamente desde el techo. Yo no la vi, fue Andrea quien gritó:

—¡Una araña, una araña!

—¿Dónde? —pregunté, no demasiado sorprendido.

—¡Aquí, sobre mi pecho, bajando! —gritó ella.

Entonces prendí una luz y fui testigo del momento exacto en que la araña culminó su descenso y se posó sobre el pecho de Andrea.

—¡Mátala! —gritó ella—. ¡Me va a picar!

Pensé en darle un golpe con la mano, pero no tuve valor. Me puse de pie, tomé el aerosol naranja, apunté sin vacilar y disparé sobre los pechos de mi amante. Por suerte, maté a la araña, pero Andrea, asustada y tosiendo, me gritó:

—¡Estúpido, casi me matas a mí también!

La araña quedó húmeda y sin vida sobre sus pechos desnudos. Me pareció una imagen hermosa. Me quedé mirando al insecto mojado sobre mi chica.

—¡Tonto, haz algo! —gritó ella.

Tomé un poco de papel higiénico, retiré a la araña muerta y le pedí disculpas a Andrea. Fue en vano: estaba indignada. Por suerte, ya habíamos terminado de hacer el amor. Hubiera sido mucho peor si la araña nos hubiera sorprendido en el momento del sexo. Andrea fue a bañarse, se vistió de prisa y, antes de irse, me dijo:

—Si no contratas una mucama que limpie la casa, no vengo más.

Luego se fue sin darme un beso, llevándose el libro robado que me había traído de regalo, que fue lo que más me dolió.

No puedo seguir viviendo así. Esta casa es un asco. Tengo que contratar a una mucama que venga a limpiar.

2

Cualquiera que entrase a esta casa pensaría que es una pocilga, que sus olores son repugnantes y que soy un sujeto impresentable. Cualquiera que pensara así tendría razón. La casa está sucia y huele mal, pero mis olores no me disgustan, y ya me acostumbré al desorden y la suciedad. Acepto, por lo demás, que se me tenga por un perdedor. En cierto modo, incluso lo agradezco. No soy bueno para competir y nunca he ganado nada importante. No tengo éxito, y a estas alturas, sé que nunca lo tendré. Lo poco que tengo, esta casa, estos libros, estos discos, este silencio que atesoro, esta libertad para dormir hasta la hora que quiero y quedarme en casa escribiendo unas novelas que muy poca gente lee, me basta para estar bien.

No necesito vivir con alguien. No lo deseo. Prefiero vivir solo. Pero me he encariñado con Andrea y no me gustaría dejar de verla. Por eso voy a encontrar a una mujer que venga a limpiar la casa.

Desconfío de los avisos clasificados del periódico. He hojeado el diario sólo para confirmar que abundan las ofertas de personas que limpian casas por tarifas muy económicas. No quisiera correr el riesgo de llamar a una de ellas. Me gustaría ver su cara, hablar con ella y sentir que me inspira una cierta confianza antes de abrirle las puertas de mi casa. En esta ciudad roban mucho, y si bien hay pocas cosas que alguien podría tener interés de robar en esta casa, no estoy dispuesto a que una persona extraña entre a revolver mis papeles y caminar por este modesto lugar donde me refugio de la vulgaridad que es vivir.

Tampoco puedo llamar a mi familia a pedir que me recomiende a una persona de servicio doméstico. Cuando digo mi familia, me refiero a mi hermana y a mis padres. No tengo hijos. Nunca me casé. Mis abuelos están muertos. A mis tíos o primos dejé de verlos cuando era un niño y ya casi no recuerdo sus caras, a duras penas recuerdo sus nombres. Mi hermana vive lejos, en Montreal. Cuando éramos niños, nos queríamos mucho, pero el tiempo nos fue distanciando. Ella se enfadó porque no la llamé cuando nació su hija y porque no quise ser el padrino. Desde entonces, dejamos de llamarnos por teléfono o escribirnos correos electrónicos. Supongo que no me perdona tantos desaires. A mis padres, que viven en esta misma ciudad, Lima, la ciudad donde nacieron y se casaron y donde mi hermana y yo también nacimos, una ciudad tranquila y aburrida, llena de polvo y gente melancólica, tampoco los he visto hace mucho tiempo. Dejé de verlos hace diez años. No sé nada de ellos. No me llaman o escriben y yo tampoco los llamo o les escribo. Supongo que están vivos, porque aún no he leído sus defunciones en el periódico (y no dejo de leer el periódico con esa perversa esperanza), pero no me interesa saber nada de ellos y prefiero no pensar en ellos.

Lo mejor será ir a una agencia de empleos. Odio subirme al auto y confundirme en el entrevero de coches, bocinazos y humos negruzcos, pero no me queda más remedio. Si quiero que una mujer venga a limpiar mi casa, tendré que salir a buscarla.

Salgo de casa bien abrigado. Mi camioneta se mantiene en buen estado. La compré hace unos años, con el dinero que me pagaron por llevar al cine una de mis novelas. Entonces quería parecer una persona de éxito. Ahora prefiero no parecerlo, prefiero incluso parecer alguien que ha fracasado. A las personas que parecen exitosas, la gente las busca, las invita a fiestas, les pide dinero o les pide consejo, las llama por teléfono a toda hora, incluso temprano por la mañana, y yo no quiero que nada de eso me ocurra a mí. Los días son mucho mejores cuando no suena el teléfono, no me reúno con nadie y me quedo en casa, en silencio, haciendo algo o, casi mejor, no haciendo nada.

Llego a la agencia de empleos. Nada más entrar y ver a esas cuatro mujeres sentadas con expresión fatigada, y a la más joven y ambiciosa, detrás de un escritorio, con aires de ser la que manda, siento que es un lugar irremediablemente triste, en el que ninguna de esas mujeres, incluyendo a la administradora, quisiera estar. Pero ellas saben mejor que yo, lo advierto en sus ojos, que la vida es cruel, y me miran con indiferencia o con recelo o con desidia, pero en ningún caso con simpatía.

—¿Lo puedo ayudar en algo? —me pregunta la mujer que manda sobre las otras.

Es de mediana edad, narigona, con el pelo corto y levemente rojizo, y sus ojos, tras unas gafas gruesas, revelan una cierta dureza.

—Me llamo Julián Beltrán, encantado —digo, dándole la mano—. Necesito una persona que venga a limpiarme la casa una vez por semana —añado, sin mirarla, desviando los ojos hacia donde reposan, abatidas, las otras cuatro mujeres, sentadas sobre unas sillas plegables, sin hablar entre sí, sin mirarme siquiera.

—Bueno, tiene suerte, porque justo hoy tenemos cuatro empleadas a su disposición —dice ella, y me sugiere tomar asiento, pero yo hago un ademán indicándole que prefiero seguir de pie—. Estas cuatro ofrecen servicios de limpieza, cocina y lavado de ropa. ¿La quiere cama adentro o cama afuera?

—Cama afuera, gracias —digo, y miro a las cuatro pobres mujeres que esperan conseguir un trabajo para poder comer, pero dos de ellas leen unos diarios de chismes y la otra, que parece la más joven, tiene la mirada hundida en el suelo, como avergonzada de estar allí, y sólo una, que es gorda y ya tiene el pelo algo canoso y debe de ser la mayor, me mira, pero no sé si quiere decirme algo, porque la suya es una mirada cansada, vacía, la mirada de una persona que lo ha perdido todo y ya no espera nada de nadie.

—Todas pueden ser cama afuera o cama adentro —me informa la señora a cargo de la agencia y me extiende unos papeles—. Aquí tiene sus datos y recomendaciones.

Recibo unos papeles y los leo rápidamente. Una se llama Julia y es de una provincia lejana. Otra se llama Pilar, tiene cuarenta y tres años y también viene del interior. La más joven, Vilma, tiene apenas veintiocho y dice que nació en esta ciudad. Mercedes Navarro Chacón, la más gorda y triste, declara tener cincuenta y dos años, nació en las montañas y, según estos papeles, es empleada doméstica desde niña. La miro, y ella, a diferencia de las otras, me mira de vuelta, y su mirada me da confianza: parece una mujer buena y derrotada, pero ante todo buena.

—¿Mercedes? —le digo.

—Sí, señor —dice ella, asustada, y las otras la miran con cierta hostilidad o desdén, como si no estuviera a su altura por vieja y desdentada.

Mercedes es gorda y canosa, el rostro mofletudo y los ojillos tristones, las manos gruesas y las piernas hinchadas y varicosas, y lleva un vestido azul oscuro y zapatillas negras.

—¿Le gustaría venir a limpiar mi casa? —le pregunto.

—Pero por supuesto, señor —contesta la jefa de la agencia, sin dar tiempo a que Mercedes responda—. Todas las empleadas de acá están a su absoluta y total disposición, y nosotros podemos asegurarle que están debidamente chequeadas y que no tienen antecedentes policiales y sus recomendaciones son muy...

—Sólidas —digo.

—Adecuadas —dice ella.

—Gracias —digo, sin mirarla, porque me parece una mujer odiosa—. ¿Le gustaría trabajar conmigo, Mercedes? —insisto.

—Claro, señor, lo que usted mande —dice ella, nerviosa, las manos cruzadas sobre la panza abultada.

Las otras la miran duramente, con mezquindad, y una de ellas, la más joven, me mira de un modo hostil, como deseándome lo peor por no haberla elegido.

—¿Qué debo hacer para contratar a Mercedes? —le pregunto a la mujer a cargo.

—Es muy simple —responde ella—. Tiene que firmar este contrato y pagarnos la comisión de la agencia, y ya todo lo demás, lo que usted le pague a ella y lo que ustedes arreglen, es asunto suyo.

Leo el contrato, firmo y pago. Luego le doy la mano a la mujer detrás del escritorio y le pido a Mercedes que me acompañe un momento afuera.

Ella se pone de pie y, sumisa, me sigue. No sé si está contenta o preocupada. Sólo parece cansada y probablemente con hambre.

—¿Ha comido algo, Mercedes? —le pregunto, una vez afuera, en la calle.

—No se preocupe, señor, gracias —dice ella.

Me gusta su voz, es suave y tranquila, y también que me mire a los ojos con esos ojazos de lechuza triste.

Le doy un billete.

—Vaya por acá a comer algo y luego váyase a descansar —le digo.

Ella toma el billete como si le diera vergüenza, pero también como si tuviese hambre.

—Gracias, señor, muy amable —dice.

Parece desconfiar de mí, pero sólo por instinto, porque presiento que desconfía de todos.

—¿Quiere venir a la casa mañana? —le pregunto.

—Sí, claro, si usted quiere —responde ella.

Le digo la dirección y le pregunto si sabe cómo llegar. Ella me asegura que sí y repite la dirección tres veces, como si quisiera registrarla en su memoria. Por las dudas, se la apunto en un papel y también escribo mi número de teléfono, pero ella mira el papel como si no comprendiese lo que he escrito y se queda callada.

—La espero mañana, pero, por favor, después de la

una de la tarde, no antes, porque yo duermo hasta tarde —le advierto.

—No se preocupe, mañana a la una y media estaré en su casa —me dice.

Nos damos la mano.

—¿Tiene materiales de limpieza o quiere que lleve los míos? —me sorprende.

—Tengo, tengo —digo—. No se preocupe, no traiga nada.

Ella asiente.

—Bueno, hasta mañana entonces —le digo, y le doy la mano nuevamente.

—Hasta mañana, señor —dice ella—. Muchas gracias por ayudarme. No se preocupe, que soy bien buena, de confianza, no le voy a fallar —añade, muy seria.

—Vaya a comer algo, Mercedes, que debe estar muerta de hambre.

Sólo en ese instante, ella esboza una tímida sonrisa y luego se va caminando con sus piernas regordetas.

3

Andrea ama a Mickey Mouse, es adicta a la coca-cola y nunca duerme siesta.

Andrea me ha dicho que se enamoró dos veces y que serían tres si está enamorada de mí, pero no sé si me ama de verdad o si lo que ama es robar libros para mí.

Andrea me ha dicho: «Si alguna vez estoy enferma, por favor no me subas a una ambulancia, porque el estruendo de la sirena me mataría.»

También me ha dicho: «Siempre que pasa un auto de la policía o un camión de los bomberos haciendo sonar la sirena, pienso que ojalá se estrelle para que deje de rompernos los tímpanos.»

Andrea lee mucho. Le gusta leer a Javier Marías, Saer, Vila-Matas, Lobo Antunes y Bolaño. Le excita extrañamente robar libros de esos escritores para mí. Es muy raro que no me guste un libro que me regala Andrea. Sólo me ha pasado con los míos.

Andrea me ha dicho: «Creo que no creo en Dios. Y creo que tuve suerte de tener un papá al que no le gustaban nada los colegios católicos.»

Andrea detesta a las personas que leen la Biblia, especialmente a las que la marcan con resaltador, y a la gente que cuando va en el colectivo, saca una revista de crucigramas y los resuelve a toda velocidad. Ella nunca pudo entender una página de la Biblia ni resolver más de tres palabras de los crucigramas.

Andrea me ha dicho en el parque: «Creo que quiero más a mi perra Frida que a mi madre.» La amo cuando me dice esas cosas. Quiero verla el lunes.

4

Golpean la puerta de casa y me despiertan. Maldigo cuando me despiertan. Necesito dormir ocho horas para sentirme bien. Cuando no lo consigo, me duele la cabeza, me irrito fácilmente y mi humor se torna sombrío. No era así en mi juventud. Entonces podía dormir poco y, sin embargo, sentirme espléndido Ahora que tengo ya cuarenta y cinco años, cuido mis horas de sueño con hábitos estrictos. Por eso he descolgado los teléfonos antes de irme a dormir, para evitar alguna llamada inoportuna que interrumpa mi descanso.

Mi habitación está a oscuras. Estiro un brazo y miro el reloj: son las doce y media. Me dormí a las cinco de la mañana. No he cumplido ocho horas de sueño. Me duele la cabeza. Me siento fatal. Casi siempre me siento así al despertar. Vuelven a golpear la puerta. Debe ser Mercedes. Dudo si levantarme o quedarme en la cama hasta que se vaya. Me da pena no atenderla. Pobre mujer, habrá venido desde lejos. Me levanto a regañadientes, calzo mis pantuflas desteñidas, me protejo con unos anteojos oscuros para que la luz me irrite menos apenas salga del cuarto y camino arrastrando los pies hasta la puerta de calle.

Hace frío. Malhumorado, abro la puerta. Mercedes sonríe y dice con sorprendente vitalidad:

—Buenos días, señor. Acá estoy como quedamos.

Lleva el mismo vestido azul y las zapatillas negras que tenía en la agencia. Parece más contenta que ayer.

—Buenos días, Mercedes —digo, muy serio—. ¿Qué hora es? —pregunto.

Ella se sorprende, pues no lleva reloj:

—No sé, señor, usted dirá.

—Son las doce y media. Le dije que viniera después de la una, no antes, ¿se acuerda?

Ella baja la mirada y dice con una voz apenada:

—Es que no soy buena para los horarios, señor. Como no tengo reloj, no sé cómo se me va pasando la hora.

Me irrita su explicación y en cierto modo me arrepiento de haberla contratado.

—Comenzamos mal, Mercedes —digo, la boca pastosa, el aliento amargo—. Estaba durmiendo y me ha despertado. Si llegó antes de tiempo, debió esperar acá afuera y tocarme la puerta a la una y media, como quedamos.

—Sí, señor —dice ella, avergonzada, sin mirarme.

—Yo trabajo por la noche y necesito dormir en la mañana, por eso le dije que viniera después de la una —insisto.

—Sí, señor —dice ella, y parece a punto de llorar.

No sé si dejarla entrar o pedirle que se vaya. No me importa que la casa siga sucia y que Andrea se moleste por eso. Ahora sólo quiero volver a la cama.

—¿Quiere que vuelva más tarde, joven? —pregunta ella, abatida.

Sonrío. Me hace gracia que me diga «joven». Hacía mucho que no me llamaban así.

—No, ya estás acá, pasa —le digo, y es la primera vez que la trato de tú, no de usted.

Mercedes entra con paso vacilante y cierro la puerta tras ella.

—Pero vas a tener que esperarme hasta que despierte, porque necesito dormir más —digo.

—Claro, señor, lo que usted mande.

—Vamos a la cocina.

Apenas entramos en la cocina, sucia y desordenada como el resto de la casa, los platos sin lavar y las cosas desperdigadas, señalo una silla de mimbre y le digo que me espere allí hasta que despierte.

—¿Quieres tomar algo? —le pregunto.

—No, señor, no se preocupe, vaya nomás a dormir, yo me quedo acá cuidándole el sueño —responde ella.

—Bueno, gracias. Pero no quiero que hagas ruidos, por favor. Siéntate y quédate tranquilita.

Sirvo un vaso de limonada, lo dejo sobre la mesa y digo:

—Me voy a la cama. No hagas nada, absolutamente nada, hasta que yo vuelva. Puedo dormir una hora o dos. Es muy importante que no hagas el menor ruido, ¿comprendes?

—Sí, señor. Vaya tranquilo a dormir. Calladita voy a estar acá. Si algo quiere, grita nomás y yo rapidito voy a su servicio.

Hay algo en su voz sumisa y dulzona que me gusta y me inspira una confianza inexplicable. Hay algo en sus ojos cansados que despierta en mí una cierta ternura.

—Hasta más tarde, entonces —digo.

—Sueñe con los angelitos, joven —dice Mercedes, sentada en la silla de mimbre.

Regreso a mi cama, introduzco en mis orejas los tapones de goma para neutralizar los ruidos, me tiendo boca abajo y espero el sueño. Me resulta extraño tener a una persona en la casa, pero no es menos raro que confíe tanto en ella siendo una desconocida.

Despierto relajado. He tenido sueños placenteros, sin sobresaltos ni angustias. Miro el reloj. Son pasadas las tres. Salgo lentamente de la cama, me quito los tapones, apago el radiador que calienta el cuarto frente a mis pies y camino hasta la cocina. Mercedes no está sentada donde la dejé. Está tendida en el suelo, con la boca abierta.

Está muerta, pienso. Me quedo paralizado, sin saber qué hacer.

La mujer no se mueve. Yace con los ojos cerrados sobre el piso de la cocina. Sobrecogido, me acerco a ella. Noto entonces, con alivio, que está roncando. Me inclino a su lado y confirmo que está dormida.

Es muy raro que se haya dormido sobre el piso de la cocina. Nunca vi a nadie dormir así. Pobre mujer, debe estar extenuada. No voy a despertarla. Si me dejó dormir hasta las tres, ahora le toca a ella.

Camino hasta la puerta de calle, recojo los periódicos y vuelvo a la cocina. Procurando no hacer ruido, abro la refrigeradora, saco un jugo de naranja, bebo un par de tragos y me siento a la mesa con los diarios y el jugo. Todas las mañanas, o en realidad todas las tardes, comienzo mis días de este modo lento y predecible, bebiendo el jugo de naranja que exprimo en las noches, antes de irme a dormir, y leyendo un par de diarios de esta ciudad.

De pronto, Mercedes grita unas palabras incomprensibles y me asusta. Luego sigue durmiendo con ronquidos profundos. Cuando despierta poco después, le sonrío. Me ve desde el suelo, sin moverse, con sus ojazos grandes y candorosos. Se queda inmóvil un instante, no sé si porque le da vergüenza verme allí o porque todavía está aturdida por el sueño.

—Buenos días, Mercedes —digo, sonriendo—. Qué buena siesta nos hemos echado —añado, risueño.

Ella se incorpora pesadamente, se refriega la cara con las manos y dice con naturalidad:

—Discúlpeme, joven, pero me venció el sueño y quedé privada.

—Todo bien, ningún problema —digo—. Pero la próxima vez, no duermas en el suelo, puedes dormir en uno de los sillones de la sala.

—No, joven —se defiende ella, arreglándose el pelo canoso—. En el suelo se duerme mejor.

Me río. Luego le pido que se siente a la mesa conmigo, le sirvo unas tostadas con queso y un vaso de limonada, y me siento a su lado.

—Come, Mercedes. Debes estar muerta de hambre.

—No puedo, joven.

—¿Por qué? No me digas que estás a dieta.

Mercedes sonríe, dejando ver los pocos dientes que todavía le quedan.

—No es eso —dice, algo abochornada—. Es que de chiquita me enseñaron que no se come en la mesa de los patrones. Es falta de respeto.

Me río y palmoteo suavemente su espalda.

—Come, come, no digas sonseras —insisto—. En esta casa no hay esas reglas tontas, y además, yo no soy tu patrón.

Mercedes me mira sorprendida y se lleva una tostada a la boca, pero con la otra mano se cubre, como si estuviese haciendo algo malo.

—Si no es mi patrón, ¿entonces quién me va a pagar? —pregunta, apenas pasa el primer bocado, y toma en seguida un trago de limonada.

—Yo —digo, sorprendido de lo agradable que me resulta esa mujer—. Pero no soy tu patrón, soy tu amigo.

Ella abre mucho los ojos y me mira con desconfianza, como si le hubiese dicho algo inapropiado. Luego sigue comiendo.

—¿Y la patrona? —pregunta.

—No, no —digo, sonriendo—. En esta casa no hay patrona.

Mercedes asiente sin decir nada.

—En realidad, sí hay una patrona, pero sólo viene los lunes —añado—. Se llama Andrea.

—Ah, entonces ese día mejor no vengo —dice ella, y me hace reír.

5

Esa señora rolliza e infatigable que ha invadido mi casa, organizando un caos descomunal, está limpiándolo todo con una minuciosidad que me exaspera. Como al cumplir su tarea hace unos ruidos insoportables, no me queda más remedio que salir a caminar. No tolero ruidos persistentes, y menos en mi casa. Me da miedo dejarla sola, pero no parece una ladrona, y tampoco hay cosas de valor que pueda robar fácilmente. Camino unas cuadras por este barrio tranquilo, disfrutando del buen clima, y me detengo a comprar revistas, agua y goma de mascar, y luego me siento en un café, pido un jugo de naranja y hojeo las revistas, hasta que alguien enciende un cigarrillo en una mesa cercana, lo que me obliga a marcharme presurosamente, porque me fastidia envenenar mis pulmones con el humo de los fumadores, que, por desgracia, todavía campean a sus anchas en esta ciudad. Media hora después, resignado a tolerar los ruidos de la mujer que he contratado para dejar mi casa impecable, llego a mi refugio, en ese suburbio sosegado, cerca de un campo de golf, rodeado de casas que sin ser lujosas son, por lo general, bastante dignas, y entro por la puerta del jardín, que lleva a la piscina, dispuesto a sentarme en una de las tumbonas, de modo que los ruidos y los trajines de la mucama me molesten menos que si estuviera dentro de la casa. Menuda sorpresa me llevo entonces: Mercedes está en cuclillas, orinando en una esquina del jardín. Al cruzar miradas, me doy vuelta en el acto y pretendo no haber visto nada, avergonzado de pillarla en tan íntima circunstancia. Luego la escucho reír nerviosamente y decirme:

—Ay, joven, mil disculpas, es que ya no podía aguantarme más.

—¿Ya puedo voltear? —pregunto, de espaldas a ella.

—Sí, sí, ya terminé —contesta con naturalidad.

Doy vuelta y ella se acerca a mí, y noto entonces que no parece tan incómoda como me siento yo por haberla encontrado orinando en el jardín.

—Pero, Mercedes —le digo, en tono afectuoso—, ¿cómo se te ocurre hacer eso en el jardín? ¿Por qué no usaste uno de los baños?

Ella se ríe, moviendo la cabezota y cruzando las manos sobre la panza prominente, y responde:

—No, pues, joven, ¿cómo se le ocurre que yo, la empleada, le voy a ensuciar su baño? Eso nunca. Así no me han enseñado a mí.

Lo dice con una cierta dignidad, con un sentido del orgullo, como si usar los baños de mi casa fuese una licencia que jamás se permitiría por respeto a mí. Me río, no puedo sino reírme ante tan extraña situación. Luego digo:

—Mercedes, que quede claro que no sólo puedes usar cualquiera de los baños de mi casa, incluyendo el mío, sino que, además, debes hacerlo, y estás terminantemente prohibida de salir al jardín a hacer tus necesidades.

Ella me mira con simpatía pero también con extrañeza, como si tuviese enfrente a un loco.

—No, pues, joven, no estoy acostumbrada.

—¿Cómo que no estás acostumbrada? —me sorprendo.

—Desde chiquita he trabajado como empleada —dice, mientras miro las arrugas de su rostro y pienso que aparenta más edad de la que dijo tener en los papeles de la agencia—. Y siempre mis patrones me enseñaron a ir al baño afuera. Por lo menos, todo el tiempo que estuve trabajando con ellos, me mandaban afuera, por respeto a la familia.

No podría sorprenderme que en esta ciudad haya personas así, tan estúpidas, pero sí que ella asuma que eso es lo correcto.

—¿Y cuánto tiempo trabajaste con ellos? —pregunto.

—Más de treinta años —responde ella.

—¿Y qué pasó, por qué te fuiste?

—Al señor le encontraron una querida y se fue de la casa con su querida, y la señora me botó porque se quedó demasiado amargada y me acusaba de robarle su platería, todo el día paraba borracha y me decía cosas feas, horribles, y un día me botó nomás, y ya de ahí empecé a trabajar con otras familias.

Mercedes no parece triste o quejumbrosa. Como muchas mujeres, acepta su destino con serena resignación, sin esperar nada bueno de la vida, sólo pesares y aflicciones.

—¿Y esas otras familias para las que has trabajado, también te prohibían usar el baño?

Ella se ríe, al parecer halagada de que me interese en su vida.

—Bueno, no tanto, joven. Algunos patrones me daban permiso de usar el baño de servicio, pero yo, la verdad, ya me acostumbré al jardín. Prefiero salir al fresco y encontrarme un rinconcito nomás, ya es cuestión de costumbre, no sé si me entiende, joven.

—Sí, sí, claro, te entiendo —me apresuro a decir—. Pero te ruego que te sientas cómoda usando mis baños. Yo prefiero que vayas al baño y no al jardín, ¿ya?

—Ya, joven, ya, como usted quiera. Bueno, a trabajar.

Mercedes vuelve a sus faenas domésticas y yo, tumbado en una perezosa, la contemplo desde la terraza, admirando la asombrosa vitalidad con que esa mujer se mueve entre mis muebles y alfombras, y pensando que, después de todo, he tenido una vida afortunada.

6

La casa ha quedado impecable, reluciente, como nunca había estado desde que la ocupé hace ya doce años. Todo se ve limpio, huele a limpio y está insoportablemente ordenado. No hay arañas en las esquinas ni en los techos, no hay hormigas caminando por la cocina, no hay periódicos tirados por cualquier lugar, no hay manchas de comida en el piso, no están inmundos los baños, brillan como nunca brillaron los espejos, lucen inmaculados los lavatorios e inodoros, un olor a desinfectante surge de los baños y se extiende por toda la casa, los libros que dejé tirados sobre la alfombra de mi cuarto están apilados cuidadosamente, una sensación de orden y limpieza que me es extraña se ha apoderado de todos los ambientes gracias al trabajo de Mercedes. Sorprendentemente, ella no parece fatigada, y yo, en cambio, que no he hecho nada en toda la tarde, salvo mirarla trabajar, me siento extenuado.

—¿No estás cansada, Mercedes?

—No, joven, estoy fresquita, esto no es nada para mí.

—¿Tienes hambre? ¿Quieres comer algo?

—No, joven, así nomás estoy bien.

—Pero no has comido nada.

—Ya más tarde como algo, joven. No se preocupe usted por esas cosas.

—Bueno, te pago entonces.

Saco la billetera y le doy el dinero que habíamos

acordado y luego una propina que sin duda merece. Ella arruga los billetes y los guarda dentro de su sostén.

—¿Cuándo quieres volver? —le pregunto.

—Cuando usted quiera, joven. Yo estoy a sus órdenes.

—¿No tienes otros trabajos?

—Nada tengo ahorita, sólo con esto me defiendo.

—¿Y te va a alcanzar?

—Sí, joven, usted no se preocupe, yo hago que la plata me dure como sea.

—¿Quieres venir una vez por semana o te conviene venir dos veces?

—Lo que usted diga, joven.

—No, tú elige, Mercedes.

Ella se queda en silencio, pensando.

—Pero si vengo dos por semana, ¿me paga igual?

Me río.

—No, pues, esto que te he pagado ahora es por un día de trabajo —digo.

Se le iluminan los ojos.

—Ah, entonces prefiero dos veces por semana, joven. Ni pensarlo.

Nos reímos.

—Bueno, entonces ven pasado mañana.

—Pero después de la una, eso sí —dice ella.

—Exacto, después de la una, por favor. Nunca antes. Ya sabes que soy un dormilón. Me quedo en la cama toda la mañana.

—No hay problema, joven. El que puede, puede.

Me sorprende que esta señora cincuentona o sesentona, obesa, de piernas rollizas y con las venas marcadas, parezca tan radiante y lozana después de haber trabajado cuatro horas sin descanso. Si yo hubiera hecho todo lo que ella hizo hoy en mi casa, estaría al borde de un desmayo.

—Siéntate, Mercedes. No te vas todavía. No te creo que no tengas hambre.

—No tengo, joven. Cuando trabajo, se me pasa el hambre. Le juro.

—Siéntate. Vas a comer algo y luego te vas.

Resignada, ella emite un resoplido largo, cansado, y se sienta a la mesa de la cocina. Preparo dos panes con jamón y queso y se los sirvo junto con un vaso de limonada.

—Come, Mercedes. Debes estar muerta de hambre.

—Ya, joven.

La miro. Me mira. Baja la mirada. Sonríe nerviosamente. No come nada. Apenas bebe un trago de jugo.

—¿Por dónde vives? —pregunto.

—No tan lejos. Tengo que caminar hasta la pista grande y de ahí tomo un colectivo que me deja cerquita de mi cuarto.

—¿Vives sola?

—Sola nomás, joven.

—¿No tienes marido?

Se ríe.

—Nada, joven.

—¿Nunca te casaste?

—Nunca, pues. ¿Con qué tiempo, joven?

—¿Tienes hijos?

—Nada, joven. Nada.

No lo dice con pena, lo dice con naturalidad, como si ésa fuese exactamente la vida que le tocó vivir, esa misma y no otra mejor.

—Pero algún novio habrás tenido.

Se ríe nerviosamente, sin mirarme.
—Qué dice, joven. Nada que ver.
La miro. Sigue sin comer nada.
—Come —le digo.
Pero no come, sólo toma más jugo.
—¿Y tu familia? —pregunto.
—¿Qué familia? —responde, sorprendida.
—¿No tienes familia?
—Ya le dije que no tengo hijos, joven. ¿Qué, no me cree?
—No, sí te creo. Pero tendrás padres, hermanos...
Se calla un momento, parece triste o reflexiva, es sólo un instante en que una sombra eclipsa su rostro. Pero luego se sobrepone, sonríe y dice:
—Nada, joven. Nada tengo.
—Pero ¿cómo no vas a tener familiares? —digo, sorprendido—. ¿Tus padres murieron?
—No sé, joven.
—¿Cómo que no sabes? —insisto.
—No sé, pues, joven. Así mismo como le digo: no sé.
—¿No los ves hace tiempo?
No responde. Se queda pensativa.
—Nunca los vi —dice.
—¿Cómo es eso? ¿No conoces a tus padres?
—Eso, joven.
—¿Cómo así?
—Así fue, pues. Así nomás fue.
—Mercedes, no has comido nada. Come, por favor. ¿No conociste a tu mamá? ¿Nunca la viste?
Mercedes no me hace caso. No come.
—De chiquita la vi, pero ya no me acuerdo. Muy chiquita era. Nada me acuerdo.

—¿Y qué pasó luego? ¿Por qué dejaste de verla?

—Porque me vendió.

Me quedo en silencio. Tal vez no debí hacer tantas preguntas. No quisiera incomodarla. En realidad, no parece estar incómoda. Lo ha dicho con naturalidad, como si me hubiera dicho que se llama Mercedes o que vive sola en un cuarto: «Porque me vendió.»

No sé si debo hacer más preguntas. Ella sigue sin tocar los panes con jamón y queso. No puedo reprimir la curiosidad:

—¿Cómo así te vendió? ¿A quién te vendió?

Mercedes me mira a los ojos y habla como si fuera muy normal lo que me está diciendo:

—Por plata, pues. Por plata me vendió. Éramos muy pobres. No teníamos qué comer. Me vendió a un militar.

—¿A un militar?

—Sí, a la familia de un militar. Ahí mismito comencé a trabajar.

—¿Qué hacías?

—Lo que ordenaban los patrones, pues. Todo hacía. Cualquier cosa.

—¿Qué edad tenías?

—Uy... —suspira como recordando con nostalgia, y se reclina hacia atrás—. Chiquilla nomás era. Diez añitos tenía. Diez, once años, no más.

—¿Y vivías con el militar y su familia?

—Así mismo, joven.

—¿Y cuánto tiempo trabajaste con ellos?

—Treinta años, ¿no le digo? Treinta años, imagínese. ¿Harto tiempo, no?

—Harto tiempo. Come, Mercedes. No estás comiendo.

—No puedo, joven.

—¿Por qué? ¿No te gusta?

—No es por eso.

—¿Entonces?

—Es que no sé comer delante de los patrones.

Me río.

—No seas tonta, Mercedes. Come, por favor.

Ella da un bocado tímido y se queda con la comida en la boca, sin masticar, como si estuviera haciendo algo malo.

—¿Fueron buenos contigo, ese militar y su familia?

—Normal.

—¿Cómo normal?

—Ni buenos ni malos. Normal nomás.

Al hablar, se tapa con una mano, porque aún no ha pasado el bocado.

—¿Y nunca más volviste a ver a tu madre?

—No, joven. Nunca más.

—¿No sabes si está viva?

—No sé, joven. Difícil lo veo. Ya debe estar finada.

—¿Sabes dónde vivía?

—Uy, dónde viviría. Ni idea.

—¿Y no tienes hermanos o hermanas o tías?

—Nada, nada, joven. Nada tengo. Cuando me vendieron, ya no supe nada de mi familia.

—Pero ¿tenías hermanos?

Se ríe, como si fuese una pregunta boba.

—Claro, pues, joven. Hartos hermanos. Como cancha. Por eso no alcanzaba la comida. Muchas bocas y un solo pan.

—Entiendo —digo, y me quedo callado, sintiéndome un tonto.

Mercedes come tímidamente los panes que le he servido.

—¿Te gustaría ver a tu madre, Mercedes?

Me mira a los ojos con una sonrisa.

—No, joven. Imposible. Ya debe estar finada.

—Pero si viviera...

—No, no, qué va a estar viva. Imposible. Ya está muerta segurito.

No insisto. Cuando termina de comer, le ofrezco helados, pero me dice que tiene que irse. La acompaño a la puerta. Me da pena que se vaya. Me gustaría seguir hablando con ella. Le doy la mano, le agradezco, y creo que se ruboriza cuando le doy un beso en la mejilla.

—Gracias, Mercedes. Has hecho un gran trabajo. Estoy muy contento contigo. Te espero pasado mañana.

—Gracias a usted, joven. Es un patrón muy bueno y conversador.

Se va caminando lentamente, las manos en los bolsillos de su vestido azul oscuro, las piernas gordas y chuecas, la cabeza balanceándose de un lado a otro mientras avanza por el medio de la pista, porque en este barrio no hay veredas para los peatones.

Me da pena verla caminar. Debe estar rendida. Entro en la cochera, subo a la camioneta y le doy el alcance. Se sorprende al verme a su lado.

—Sube, Mercedes. Te acerco al paradero.

—No, joven. No se moleste. Yo camino nomás.

—Sube, sube.

Mercedes se acomoda en el asiento trasero. Manejo despacio. Vamos en silencio.

—Perdona si te incomodé con mis preguntas —le digo.

Ella se ríe.

—¿Qué dice, joven? ¿Cómo me va a incomodar? Si no tengo con quién hablar.

Un poco más allá, llegando a la autopista, me señala el lugar donde debo dejarla.

—Aquí nomás me bajo, por aquí pasa el colectivo.

—Gracias, Mercedes —le digo.

—Chau, patroncito —dice ella, con cariño, y baja de la camioneta.

Luego camina unos pasos, da vuelta y me hace adiós con una sonrisa. Regreso a casa extrañamente contento de haber conocido a esta mujer que vive sola, no tiene familia, fue vendida por su madre cuando era niña y ahora trabaja conmigo, su patroncito. Sonrío por ninguna razón o tal vez porque la recuerdo diciéndome patroncito.

7

Mi madre no me vendió cuando era niño. No éramos pobres y, a diferencia de la madre de Mercedes, no necesitaba dinero. Disponíamos de ciertas comodidades y privilegios gracias al dinero que ganaba mi padre en sus provechosos emprendimientos empresariales. Mi hermana y yo asistimos a los mejores colegios de la ciudad. En las vacaciones nos llevaban a los parques de diversiones de Orlando, a las montañas de Chile a esquiar, a las playas más exclusivas del Caribe. Mi madre hizo con nosotros, sus hijos, lo que se suponía que debían hacer las señoras distinguidas de entonces: dejarnos al cuidado de unas mujeres humildes, las empleadas domésticas a su servicio, y no permitir que fuésemos un estorbo o una traba a su aspiración de vivir una vida sosegada, predecible, exenta de trajines y sobresaltos, digna de una señora de sociedad.

Fue mi padre quien me traicionó. No me vendió a nadie, desde luego, pero fue la suya una traición aún peor. Mi madre fue cómplice de esa abyección que nunca les perdonaré. Me duele recordar todo esto. Debería olvidarlo, pero no puedo. Por eso dejé de verlos y he jurado que no los veré más. Morirán y no creo que me dé pena. Me enteraré por el periódico. No iré a los funerales. No rezaré por ellos. Me dará lo mismo. Por lo demás, no rezo, y no creo que exista nada más allá de la muerte, de modo que estoy convencido de que no los veré más.

Todo ocurrió hace diez años, cuando murió mi abuelo paterno. El origen del conflicto familiar fue su herencia. Mi abuelo tuvo una relación muy mala con su único hijo, mi padre. Conmigo, en cambio, se llevaba muy bien. Desde que yo era un niño, me hizo sentir que me quería especialmente y que estaba orgulloso de mí. Le gustaba que participase de las conversaciones entre adultos y me instaba a leer, a estudiar, a aprender. Llegó a leer mis primeros cuentos y me dijo que le gustaron. Alcanzó a decirme, antes de entrar en el progresivo deterioro de demencia senil que devoró su memoria y su lucidez, que estaba contento de que yo llevase su nombre y que me auguraba un buen futuro como escritor. Mi abuelo fue un inmigrante que trabajó duramente, fundó empresas y construyó una cuantiosa fortuna. Sólo tuvo un hijo, mi padre, y enviudó cuatro años antes de morir, cuando aún conservaba sus facultades mentales. A pesar de que ya no era necesario, pues era un hombre de considerable riqueza, se empeñó en seguir trabajando después de que murió mi abuela, su esposa de toda la vida. Yo sabía, porque mi abuelo me lo confesó una noche en la biblioteca de su casa, quizá cuando empezó a sentir que su salud flaqueaba y su memoria se tornaba quebradiza, que él había dispuesto en su testamento que mi hermana y yo heredásemos la mitad de su fortuna y que mis padres recibiesen la otra mitad. Yo esperaba serenamente el momento de recibir varios millones de dólares a su muerte para vivir mi vida como siempre había soñado: viajando, leyendo y escribiendo. Ocurrió, sin embargo, un hecho inesperado que envenenó mi existencia de un modo trágico. Cuando el abuelo murió, después de una larga agonía, víctima de un último derrame cerebral, se encontraron dos testamentos: uno, fechado años atrás, alrededor de la noche aquella en su biblioteca, cuando, todavía plenamente lúcido, me hizo la confidencia sobre su testamento, en cuya virtud nos legaba a mi hermana y a mí la mitad de su patrimonio, dejándoles a mis padres la otra mitad, y otro, fechado meses antes de su muerte, en el que rectificaba el documento anterior y disponía que absolutamente toda su fortuna pasara a manos de su único hijo, mi padre. Fue evidente para todos —y cuando digo todos, incluyo naturalmente a mamá— que mi padre, abusando de que el abuelo estaba enfermo, aturdido por las drogas que debía tomar para aliviar los dolores y sin ninguna capacidad para razonar o expresarse con claridad, mandó a redactar otro testamento y obligó a su padre achacoso a firmarlo con el pulso trémulo y el juicio perdido. No era razonable que mi abuelo, tan enfermo y virtualmente inconsciente, hubiese querido torcer su voluntad a última hora y dejarle todo a su hijo, con quien tuvo una relación cargada de enconos, rencores y reproches. Era obvio que mi padre había urdido una trampa. Intenté defenderme legalmente, contraté a un abogado, enjuicié a mi padre acusándolo de traicionar la voluntad del abuelo y privarnos a mi hermana y a mí de lo que nos correspondía, pero, en este país donde la justicia es una quimera y los jueces se venden al mejor postor, perdí la querella y mi padre hizo prevalecer la idea inverosímil de que mi abuelo, meses antes de morir, cuando a duras penas podía balbucear unas pocas palabras y no recordaba nada, había decidido redactar un testamento que alteraba de un modo radical lo dispuesto en el anterior, y que además alteraba esa voluntad de un modo inexplicable, al menos inexplicable para mí.

Mi padre me robó el dinero que quiso dejarme el abuelo. Mi madre no hizo nada para defenderme y tomó partido por el ladrón de su esposo. Lo peor es que ni siquiera necesitaban ese dinero. Tenían suficiente para vivir cómodamente el resto de sus días. Pero la codicia fue más fuerte que un cierto sentido de la decencia, y mi padre nos robó a mi hermana y a mí lo que el abuelo quiso dejarnos. Desde entonces, mi hermana, que ya vivía en Montreal, cortó relaciones con ellos. Nunca olvidaré lo último que le dije a mi padre:

—Eres un ladrón y un hijo de puta. Me da vergüenza que seas mi padre. Hubiera preferido tener otro padre.

Lo vi sonreír con la mirada turbia y sus ojos de hiena, y luego exclamó con pasmosa serenidad:

—Yo también hubiera preferido tener otro hijo.

8

Por hoy, Mercedes ha terminado de trabajar. A pesar de que la casa estaba bastante aseada cuando ella llegó, la ha limpiado con la minuciosidad y el rigor de una verdadera profesional. Apenas concluyó sus tareas, ya pasadas las seis de la tarde, la he convencido de que no se vaya tan de prisa y se siente conmigo en la terraza. No parece cansada. Nunca parece cansada. Lleva la misma ropa de siempre, el vestido azul y las zapatillas negras. Le sirvo una limonada y unos bocadillos. La veo disfrutar de la comida sin las inhibiciones del primer día. Ahora parece más cómoda a mi lado, aunque todavía me trata con un respeto excesivo.

—Cuéntame más de tu madre —le digo.

Ella se queda en silencio y levanta los hombros con el rostro perplejo, como si no tuviese nada más que contarme.

—¿Tienes una foto de ella?

—No, joven.

—¿No sabes nada de ella?

—Nada.

—¿Y de tus hermanos? ¿Nada?

—Nadita, joven.

—¿Nunca te llamaron o te buscaron?

—Nunca, pues, le digo. Ya cuando me vendieron se olvidaron nomás de mí.

—¿Nunca se te ocurrió ir de visita a tu pueblo?

Mercedes se ríe, como si le hubiera hecho una broma, y dice sorprendida:

—Pero ¿con qué plata voy a ir, joven?

Luego toma un trago de limonada y añade:

—Además, ¿a qué los voy a ir a buscar, si ya segurito ni me conocen?

—No digas eso, si tu madre vive, estoy seguro de que se acordará de ti.

—¿Qué va a vivir, joven? Imposible, le digo. Ya debe estar enterrada, mi viejita.

Me quedo en silencio. La tarde está fresca. Unos perros odiosos ladran en la casa del vecino. Los detesto. Quiero matarlos. Tengo un plan para envenenarlos, pero no me atrevo a ejecutarlo.

—¿Te acuerdas cómo se llamaba? —pregunto.

Mercedes mueve la cabeza, pensativa.

—Ya no me acuerdo nada, joven —responde.

—No te creo —le digo, con afecto—. Si dejaste de ver a tu mamá cuando tenías diez años, al menos te acordarás de su nombre.

Ella se queda en silencio.

—Algo me acuerdo de su cara —dice, con cierta tristeza—. A veces sueño con ella. Viene a buscarme. ¿Y sabe lo que me dice la viejita, joven? Que le dé toda la plata que he ganado desde que me vendió, porque esa plata es de ella.

Luego se ríe y continúa:

—Pero yo no tengo nada ahorrado, pues. Y la viejita se amarga feo conmigo, me grita bien feo. Ahí me despierto recontra asustada.

Vuelve a reír con inocencia, como una niña grande.

—¿De verdad no te acuerdas cómo se llamaba? —insisto, sin saber si estoy siendo impertinente, si estoy forzándola a recordar cosas que tal vez le resultan dolorosas.

Me mira a los ojos y dice:

—Petronila.

—Gracioso nombre —digo, por decir algo, porque no sé si Mercedes está emocionada.

—Petronila, sí —dice, como hablando consigo misma—. No estoy segura, pero por algo me suena tanto ese nombre, Petronila.

—¿Y cómo es tu apellido?

—Navarro —dice, con orgullo—. Mercedes Navarro, para servirlo, joven.

—Pero ¿Navarro es el apellido de tu padre o de tu mamá?

—Uy, eso sí que no sé, pues. No haga preguntas tan difíciles. No se pase.

—¿No sabes cómo se llamaba tu padre?

Mercedes se ríe, tirando la cabezota hacia atrás, mostrando sus pocos dientes, y dice:

—¿Cómo voy a saber eso? ¿No le digo que nunca conocí a ese señor?

Me quedo callado, pensando.

—¿Y te acuerdas del pueblo donde vivías?

—Algunas cosas me acuerdo, sí.

—¿Cómo se llamaba el pueblo?

—Tanto no me acuerdo, pues. Era chiquita cuando me vendieron.

—Pero tienes que acordarte.

—Por Diosito le juro que no sé, joven.

—¿Y la familia que te compró? Ellos tienen que saber dónde fue que te compraron, ¿no?

—Sí, el militar y su señora sabían, pero no me querían decir. Yo a veces le preguntaba a la señora, pero ella se hacía la loca, no me decía mi pueblo.

—¿Por qué?

—Por miedo, decía ella. Por miedo a que me fuera para allá. La señora decía que no me podía decir en qué pueblo me compró, porque si me decía, segurito que yo me escapaba y me iba para allá.

—Vieja de mierda —digo.

Mercedes se ríe.

—Joven, no sea lisuriento —me reprende con cariño.

—¿Y sabes dónde viven esa vieja y su esposo, el militar?

—Sí, claro, por Miraflores. Clarito sé llegar a su casa. Pero ya no viven juntos. El patrón se fue con su querida. La señora se quedó solita, recontra amargada, y empezó a chupar fuerte.

—¿Ah, sí? ¿Es borracha la vieja?

Mercedes se ríe.

—Borracha brava, joven —dice, encantada—. Chupa duro. Chupa que da miedo la señora.

—¿Te acuerdas el teléfono?

—No, pues, joven, tanto no me acuerdo.

—Pero ¿cómo no te vas a acordar, Mercedes, si trabajaste allí treinta años?

—No me acuerdo, le digo. ¿Qué me voy a acordar el teléfono, si hace más de diez años que no trabajo con la patrona? Yo, a mis años, nada me acuerdo, joven. Pero sí le digo, a la casa de Miraflores sé llegar clarito.

—¿Seguirán viviendo allí?

—Ni idea. ¿Qué habrá sido de la señora? A lo mejor ya estiró la pata.

—A ver, dime la dirección.

—No, así no sé.

—¿Cómo que así no sabes? ¿No me dices que sabes dónde vivían?

—Sí, sé llegar, pero no sé cómo se llama la calle, no sé el número, pero de llegar, llego seguro.

—¿Cómo se llega?

—No, de acá no sé. De mi cuarto tenemos que salir y tomar el carro y bajarnos por el faro, a la altura del parque. Y de ahí hay que tirar pata como diez cuadras por el sitio de las cremoladas, y más allacito, pasando el árbol de la Virgen que llora, por allí está la casa. De color blanco clarito es. Dos pisos, de color blanco clarito, con reja negra, todito enrejado, porque el patrón era bien traumado con los robos, todo el día andaba diciendo que se iban a meter a robar los rateros.

—Bueno, entonces mañana que no trabajas vamos juntos —anuncio.

Mercedes se queda boquiabierta.

—¿Adónde vamos, joven? —pregunta.

—A la casa de la vieja borracha y el militar.

Luego se ríe y dice:

—No le diga la vieja borracha. Es la señora Luz Clarita, joven. Luz Clarita Castañeda Del Orto.

—Bueno, al menos de ese nombre sí te acuerdas.

—Pero ¿cómo no me voy a acordar, joven, si treinta años trabajé con la patrona Luz Clarita Castañeda?

—Entonces podrías acordarte también del nombre de la calle.

—Ya no se pase, joven. Tampoco tengo memoria de elefante. Ya estoy vieja. Todo me lo ando olvidando.

—Entonces, ¿te animas a ir conmigo mañana?

—¿Está loco, joven? ¿A qué vamos a ir a ver a la patrona? A mí ya no me quiere ver más. Cuando me botó, así mismo me lo dijo: «Ya no te quiero ver más, Mercedes, chola de mierda.»

—¿Y ella qué, era blanca para decirte chola?

Mercedes se ríe.

—No, blanca no era, chola blanca era la señora Luz Clarita.

—Chola blanca —digo, y me río de esa expresión—. Bueno, entonces, mañana te paso a buscar y vamos a ver a la chola blanca borracha.

—No, joven, no sea loco —se ríe ella—. ¿A qué vamos a ir?

—A preguntarle en qué pueblo te recogieron, en qué pueblo vivía tu mamá y tu familia.

—¿Qué se va a acordar la patrona? —suspira.

—Claro que se tiene que acordar.

—Bueno, y si se acuerda, ¿qué vamos a hacer, de qué sirve eso?

—A lo mejor podemos ir un día a tu pueblo a buscar a tu mamá —digo.

Mercedes se pone de pie, como si la hubiera incomodado, y dice:

—Ay, joven, no diga sonseras, pues.

Me levanto, la acompaño a la puerta, le doy su dinero y tomo nota de su dirección para ir a buscarla al día siguiente.

—Mañana nos emborrachamos con la chola blanca —le digo, y ella se ríe a carcajadas.

Cuando la veo irse caminando, ya de noche, me arrepiento y le pido que se detenga, que me espere. Saco la camioneta, le digo a Mercedes que suba y la llevo hasta el cuarto en el que vive. Demoramos más de media hora en llegar. Es un barrio muy pobre, de calles polvorientas, al borde de la carretera al sur. Me señala una casa de dos pisos, a medio construir, y dice que allí, en el segundo piso, ella alquila un cuarto.

—¿Puedo subir? —le digo.

—No, joven —dice, sonriendo nerviosamente—. Me da vergüenza.

—Bueno, entonces, mañana vengo por ti a eso de las tres de la tarde.

—¿Seguro, joven?

—Seguro.

—Bueno, como usted quiera, yo soy su empleada y le obedezco todo lo que usted quiera.

Lo dice con aire resignado, pero en el fondo siento que le halaga que yo quiera saber cosas de su vida, que la haya traído hasta acá, que la trate con un cariño al que tal vez no está acostumbrada.

—Hasta mañana —le digo—. Duerme rico.

—Gracias por la manejada, joven.

Mercedes baja del asiento trasero de la camioneta y me hace adiós con una sonrisa.

9

Ya no hay hormigas caminando por la cocina. Las echo de menos. Me gustaba verlas de noche, cargando minúsculos pedazos de comida, arrastrándolos con tenacidad hasta sus escondrijos, recorriendo todas las superficies con ánimo explorador. Ahora no están y, por lo visto, no será fácil que vuelvan. Les he dejado pequeñas hilachas de pollo y restos de salmón crudo, alimentos cuyos olores solían sacarlas de sus madrigueras y reunirlas masivamente en la cocina, pero ahora, por desgracia, no aparecen. Me temo que la buena de Mercedes, en su afán por limpiarlo todo, las ha exterminado o ha matado a tantas que las pocas que quedaron vivas habrán buscado otro refugio. Esta casa ya no es la misma sin las hormigas comiendo en la cocina y las arañas colgando en las esquinas de los techos. En cierto modo, me siento solo sin ellas. Por lo demás, me inquieta ver todo tan reluciente. Me obliga a mantener la casa así de limpia y eso no resulta cómodo. Mi estado natural es vivir solo, en un lugar relativamente desordenado y sucio. Voy a decirle a Mercedes que no exagere con esto de la limpieza y que venga sólo una vez por semana.

10

A primera hora de la mañana, un hombre con dos bolsas llenas de libros llegó a la librería de Andrea. Andrea lo saludó y él respondió el saludo muy educadamente. Ella le preguntó entonces en qué podía ayudarlo y él dijo:

—Estos son libros que me robé de esta librería. Ya los leí, así que vengo a devolverlos.

Pensando que había entendido mal, Andrea le preguntó:

—¿Usted me está diciendo que estos son libros robados y viene a devolverlos? ¿Por qué viene a devolverlos después de tanto tiempo?

—Porque ya los leí —dijo él—. Ya no los necesito.

Andrea no sabía qué decirle, no sabía si aquel hombre estaba tomándole el pelo.

—No se preocupe, que están bastante bien conservados —dijo él, muy amablemente, entregándole las bolsas.

Andrea echó una mirada a los libros y calculó que había quince o veinte novelas en cada bolsa.

—Los necesité para no suicidarme cuando me dejó mi novia —dijo él—. Pero ya me enamoré de nuevo. Ya no los necesito.

Luego le dio la mano y se marchó.

11

He dormido bien. Me siento bien. Conduzco el auto con lentitud, sin entregarme a los modos violentos, crispados, enloquecidos, de los conductores de esta ciudad. Para abstraerme de los fragores del tráfico, escucho un disco de Shakira que consigue sosegar mi espíritu. No sin alguna dificultad, llego a la calle angosta y polvorienta donde Mercedes me espera con una sonrisa. Sube al asiento trasero y me mira, contenta.

—Buenas, joven —dice—. Qué sorpresa. Pensé que segurito se olvidaba de venir.

—No, no, cómo iba a olvidarme —digo—. Pero ¿qué haces allí atrás, tontita? Ven aquí adelante, conmigo.

—No, joven, acá nomás está bien —dice, con vergüenza.

—Ay, Mercedes eres tan rara —digo, y ella mueve su cabezota de un modo que me inspira ternura—. Ya, ven adelante, no fastidies.

—No, joven, adelante me mareo —dice ella.

—Bueno, como quieras —digo, y se acomoda en el asiento trasero.

Partimos. Sigo sus instrucciones:

—Derechito nomás vaya por la pista hasta que yo le avise a la altura del grifo, ahí tenemos que bajar todo derecho hasta Miraflores.

Voy despacio. Miro su ropa por el espejo. Lleva el mismo vestido, pero no las zapatillas de siempre: se ha puesto unos zapatos negros, charolados, que brillan como espejos. Está bien peinada, con el pelo cayendo hacia los lados y sujetado atrás, y lleva un collar de piedras blancas.

—Estás muy guapa, Mercedes.

—Nerviosa estoy, joven.

—¿Por qué?

—¿Cómo que por qué? —me mira ella a los ojos—. Hace más de diez años que no veo a la patrona Luz Clarita y ahora usted me lleva a visitarla. ¿Cómo me voy a sentir, joven? Yo, la verdad, no sé ni para qué vamos. A lo mejor la patrona ya mancó.

—Bueno, no perdemos nada, tómalo como un paseíto —digo, y ella se calma cuando palmoteo su brazo rollizo—. Si no la encontramos, nos tomamos un helado y ya está.

—Cremolada, mejor —sugiere ella—. Allí cerquita de la casa de la señora hay unas cremoladas bien riquísimas, joven.

—Bueno, genial. ¿De qué sabor te gustan?

—Cualquiera. Todas son ricas. Pero la mejor es la de mango, es mi perdición —suspira.

Veinte minutos después, siguiendo sus instrucciones un tanto distraídas, llegamos a Miraflores, un barrio tranquilo, de clase media, cerca del malecón, por donde jugaba fútbol con mis amigos cuando era joven y pensaba que mis padres eran buenas personas. Mercedes se impacienta al ver esas calles que le resultan familiares.

—Por acasito nomás era la casa —anuncia.

Luego me ordena suavemente, con emoción:

—Derecho siga hasta ese árbol, ahí está la Virgen que llora.

—Perfecto —digo—. Y esa Virgen, ¿tú la has visto llorar?

Mercedes me mira, ofendida por la pregunta:

—Claro, pues, joven. Mil veces la he visto llorar a la virgencita. Todo el día para llorando. La patrona Luz Clarita chupa y chupa, y la virgencita llora y llora.

—¿Y por qué llora la Virgen? —pregunto, sin sonreír, porque no quiero que piense que me río de su fe.

—Por todo llora, por todo. Por cómo es el mundo. Por cómo es la gente de mala. Por cómo pasamos hambre. Por tanto ratero que hay.

De pronto, grita:

—¡Acá, joven, acá! ¡Doble acá a la derecha!

En seguida giro hacia la derecha, pero ella me grita:

—¡No, joven, a la derecha le digo, no a la izquierda!

—Pero estoy doblando a la derecha, Mercedes —me defiendo.

—No, joven, ésa es la izquierda —protesta ella, y yo comprendo que no debo discutir, así que doblo a la izquierda mansamente—. Ahora sí, a la derecha le digo, pues. También qué terco es usted.

—¿Ésta es la calle? —pregunto.

—Sí —dice, sin dudarlo—. Segurito que sí.

—¿Cómo se llama la calle?

—Uy, ni idea.

Detengo el auto y digo:

—A ver, tú que ves mejor que yo, ¿qué dice allí, en ese letrero?

Mercedes se queda callada.

—¿No alcanzas a ver?

No responde y me mira, desconcertada.

—¿Qué te pasa? —pregunto, sorprendido.

—¿Cómo me pregunta eso, joven? —dice ella, abochornada, la mirada caída.

—¿Por qué? —digo, sin entender.

—No sé leer, pues, joven.

Nos quedamos un instante en silencio. Me siento un idiota de no haberlo pensado antes. Tomo su mano y la miro con cariño.

—Lo siento —digo—. No se me ocurrió. Soy un tonto.

Ella sonríe.

—¿Te gustaría aprender? —pregunto.

—No sé, no creo que pueda, ya estoy muy vieja —suspira—. A lo mejor algún día algo aprendo.

—Yo, encantado de ayudarte.

Mercedes se sobresalta y grita:

—¡Acá, joven, acá! ¡Pare, pare, que acá vive la patrona Luz Clarita!

Luego mira la casa, que es tal como ella la había descrito, de color blanco, dos pisos y con una reja negra, y exclama:

—Igualita está la casa que cuando la dejé. ¡Igualita! Pero las plantas se han muerto. Se ve que la patrona no las riega.

Encuentro un lugar donde estacionar, bajamos de la camioneta y nos acercamos a la casa. Es una calle tranquila, de casas algo venidas a menos, a la sombra de unos árboles añosos y encorvados que parecen expresar la decadencia de esta ciudad. Se siente la brisa que viene del mar. Toco el timbre. Mercedes se lleva una mano al pecho, asustada, y me pregunta qué hora es.

—Las tres y media —digo.

—Seguro que la patrona está chupando y viendo su novela —dice.

Nadie aparece. Vuelvo a tocar con insistencia. No hay señales de vida.

—Le digo, joven, que ya ni viven acá, la patrona ya estiró la pata, segurito, con todo lo que chupaba todo el día.

No me doy por vencido. Toco el timbre largamente y grito:

—¿Buenas? ¿Hay alguien?

Pero nadie aparece.

—Bueno, mejor nos vamos —digo, resignado.

Doy vuelta y entonces Mercedes me sorprende. Sin decirme nada, agarra una piedra pequeña, se acerca a la casa y la arroja hacia la ventana del segundo piso con tan buena puntería que la piedra golpea el vidrio sin romperlo.

—¿Qué haces, loca? —digo, sonriendo.

De inmediato, una anciana se asoma a la ventana y grita, furiosa:

—¡Dejen de joder, palomillas! ¡Fuera de acá, que llamo a la policía!

Mercedes la mira con los ojazos muy abiertos, sorprendida.

—¿Es ella? —pregunto.

—¡Patrona, soy yo, la Mercedes, su empleada! —grita, con emoción.

La vieja abre la ventana y mira con recelo.

—¿Quién dices que eres? —pregunta, con una voz aguda, sin el menor asomo de cariño.

—¡La Mercedes, Mercedes Navarro!

La vieja se pone los anteojos que llevaba colgados en el pecho, nos mira con mala cara, hace un gesto de disgusto y grita:

—¿Qué quieres, chola insolente? ¿A qué vienes acá a tirarme piedras?

Yo sonrío, y Mercedes la mira asustada, y la vieja continúa gritando:

—¡Ya te dije que no te debo nada! ¡No me vengas a pedir tu indemnización de nuevo, chola jodida! ¡Nada te debo, ni un centavo!

Mercedes se acerca a la ventana y dice, en tono conciliador:

—No, señora Luz Clarita, no vengo a cobrarle plata, vengo a visitarla nomás, a ver cómo está.

La vieja hace una mueca amarga y la mira con desconfianza.

—No te creo, zamarra. Segurito que vienes a sacarme plata. Pero ya sabes, ¡ni un centavo te voy a dar! Y a ver, Mercedes, a ver, ¿dónde están mis cucharitas de plata? ¿Dónde están? ¿No te las habrás robado, desgraciada?

—No, señora, ¿qué dice? —se ofende Mercedes—. Yo nunca me llevé ni una sola cucharita de plata.

—Todas son iguales, mentirosas y ladronas —dice la

vieja, y luego me mira con cara de loca—. ¿Y usted, quién es? ¿Su abogado? ¿Qué me viene a reclamar? Nada le debo a la Mercedes, así que váyanse por donde vinieron y dejen a esta pobre vieja en paz.

De pronto, Mercedes la sorprende:

—Señora Luz Clarita, ¿ya empezó la novela? —pregunta, en tono sumiso y afectuoso.

—Ay, sí, hija, está por comenzar —responde cariñosamente la pobre anciana, mirando su reloj—. No me la pierdo por nada. ¿No quieren subir a mirar la novela conmigo?

—Claro, encantados, con mucho gusto —me apresuro.

—Ya bajo, ya bajo —dice ella, y no me explico cómo ha cambiado súbitamente de humor, cómo el recuerdo de la telenovela que está por comenzar ha logrado disipar sus rencores y amarguras.

—¡Cómo le gusta su novela a la señora! —suspira Mercedes—. Igualita está, no ha cambiado nada.

La vieja se aparece en la puerta, presurosa, agitada. Es muy delgada, el pelo canoso, huesudos los brazos y las piernas, y lleva un vestido de flores, un crucifijo en el pecho y gruesas pantuflas con la imagen ya algo gastada del Señor de los Milagros.

—Pasen, pasen, que ya ahorita comienza la novela —nos apura.

Luego nos da la espalda, dejando la puerta abierta, y se dirige a unas escaleras. Entramos tras ella, cierro la puerta y subimos, siguiendo sus pasos. Alcanzo a echar una mirada a la sala. Los muebles están cubiertos por telas blancas, y un olor denso, viciado, antiguo, reina en el ambiente, como si no hubiesen abierto las ventanas ni limpiado en mucho tiempo.

—Deberías venir a limpiar esta pocilga —susurro al oído de Mercedes, y ella sonríe, mientras subimos.

La vieja se sienta en una pequeña sala, busca el control remoto y se desespera porque no lo encuentra.

—Mierda, carajo, ¿dónde está el control? —refunfuña.

Siguiendo un instinto certero, Mercedes se pone de rodillas y husmea debajo del sillón. Luego estira su brazo rollizo y saca el control remoto.

—Acá tiene, señora Luz Clarita —dice.

—Gracias, cholita —responde ella—. Ya te he dicho mil veces que no lo dejes tirado, que lo dejes encima del televisor, ¿cuándo vas a aprender?

Mercedes me mira con una sonrisa cómplice y se limita a decir, sumisa:

—Sí, señora. Mil disculpas. Tiene razón.

La vieja enciende el televisor, se pone sus anteojos gruesos y exclama con alegría:

—¡Siéntense, siéntense, que ya comenzó!

Mercedes se sienta sobre la alfombra vieja, llena de manchas, y yo jalo una silla endeble y me siento, temeroso de romperla. La vieja mira absorta la telenovela y no dice nada. Cada tanto, cuando sale uno de los malos, que sin duda es uno de los malos porque la suya es una cara condenadamente torva, ella le dice, indignada:

—Víbora. Rata. Malnacido.

Cuando aparece la heroína, que es bella y tiene una mirada infinitamente noble y candorosa, la vieja suspira, se conmueve, la acompaña en sus tribulaciones, y sólo en ocasiones cede a la emoción y comenta para sí misma:

—Te dije que no podías confiar en él.

O la amonesta con cariño:

—Si serás burra, ¿cuándo vas a aprender?

O le habla como si fuera su hija:

—Te digo, mamita, todos los hombres son iguales, no les puedes creer nada.

Cuando se interrumpe la telenovela y pasan a la publicidad, aprovecho para preguntarle:

—Señora, ¿usted por casualidad recordará de qué pueblo es Mercedes?

La vieja voltea y me mira con expresión indescifrable, frunciendo el ceño.

—¿La Mercedes, de dónde es?

—Sí —digo—. ¿Se acuerda en qué pueblo la recogieron?

—No, no, no la recogimos —me corrige ella, muy seria—. La compramos, señor abogado. Le pagamos a su madrecita. Mi marido, bueno, mi ex marido, que me abandonó por una puta barata, la compró a la Merceditas cuando era chiquita —dice, y mira enternecida a Mercedes, que, sentada en la alfombra, le devuelve una mirada cálida, subyugada.

—¿Y se acuerda cuánto pagaron? —pregunto.

—Harta plata —se queja la vieja—. Como cien soles, creo. Y cien soles en esa época era un platal, oiga usted. Muchas cosas se podían comprar con cien soles.

—Ya lo creo —digo.

—No, usted no sabe, usted en esa época ni había nacido, oiga.

—Claro —digo, temeroso de su mal humor.

Luego de verificar que siguen emitiendo publicidad en la televisión, pregunto de nuevo:

—¿Y se acuerda dónde fue eso?

—¿Dónde fue qué? —pregunta la vieja.

—¿Dónde la compraron a Mercedes?

—¿Dónde más va a ser, pues? En Caraz, en la sierra, donde vivía.

—¿Caraz? —repito, sólo para estar seguro.

—Ahí mismito, en Caraz, cerca del río, ¿usted conoce?

—No, nunca fui.

La vieja me mira, escudriñándome con severidad, como si la breve ausencia de su ficción televisada la hubiese devuelto a una realidad triste y amarga, y le dice a Mercedes:

—Qué buen maridito te has echado para el diario, cholita.

—No, patrona, no es mi marido —dice Mercedes, riendo nerviosamente.

—No somos maridos, señora Clarita —digo yo.

—¿Qué eres, entonces? ¿Su concubino? ¿Su noviecito? ¿Es tu querida la Mercedes porque tienes señora?

—No, no, no es eso, patrona —dice Mercedes.

—¡Fuera de mi casa! ¡Fuera de acá! —grita la vieja, poniéndose de pie—. Éste es un hogar cristiano, acá no entran los pecadores, ¡te me vas inmediatamente con tu concubino! —le grita a Mercedes.

—No, señora, es un malentendido —digo, de pie, sorprendido—. Yo soy amigo de Mercedes, no soy su novio.

—¿Amigo? —dice ella, de un modo receloso, suspicaz, como si no me creyera—. ¿Amigo? Así dicen los hombres ahora, pero todos son unos mentirosos. Mi marido también me dejó, me decía que tenía una amiga. ¿Amiga? ¡Una puta conchadesumadre era esa malnacida que rompió mi matrimonio católico de toda la vida!

Ahora la vieja llora, se enjuga las lágrimas con un pañuelo arrugado, y Mercedes acude a su lado a consolarla, pero la vieja la rechaza con una mirada fulminante:

—¡Te me vas ahora mismo con tu amiguito! ¡Fuera! ¡Fuera o llamo a la policía!

De pronto suena la melodía contagiosa de la telenovela, y ella, como embrujada, vuelve al sillón, se sienta y sigue hablando con sus amigos y enemigos. Miro a Mercedes y le hago un gesto para irnos. Ya sabemos lo que nos hacía falta, que la compraron en Caraz.

—¿Le puedo servir un traguito, patrona? —pregunta Mercedes, sumisa.

—Ay, sí, hija, tráeme un anisito doble, por favor, porque esta novela me hace sufrir demasiado —responde en tono afectuoso la vieja.

—Adiós, señora Clarita —digo.

—Vayan a casarse con un cura y vuelven otro día —dice ella, sin desviar la mirada del televisor—. Si no, no los recibo más.

Bajamos las escaleras, riéndonos. Mercedes va a la cocina y vuelve con una bandeja y una copa de anís.

—¡Mercedes! —grita desde arriba la vieja.

—¿Patrona? —grita Mercedes.

—No me vayas a traer una copita. ¡Tráeme la botella, mejor!

—Ahorita subo, patrona.

En seguida va a la cocina, saca la botella, me sonríe al pasar, sube a dejársela a la vieja y baja agitada, porque esas escaleras que habrá recorrido tantas veces no son una broma a sus años y con sus kilos.

—¡Vayan a casarse con el cura o se van a ir al infierno! —grita la vieja, desde su escondrijo.

—¡Hasta pronto, señora Clarita! —grito, y cuando salimos de la casa, no podemos dejar de reírnos.

12

He despertado llorando. Tuve una pesadilla. Soñé que estaba en mi cama, durmiendo, y que unos ruidos me despertaban bruscamente. Me incorporaba, asustado, y era Mercedes, en su ropa de trabajo, con una escoba en la mano, que venía caminando hacia mí de un modo amenazador, con la mirada turbia, como si quisiera hacerme daño. Yo temía lo peor, que me matase a escobazos, y quedaba inmóvil, porque incluso en mis sueños soy un cobarde. Mercedes se acercaba y entonces yo comprendía que no venía a hacerme daño, que estaba más asustada que yo, que venía huyendo de algo oscuro, terrible, y que necesitaba que yo la protegiese.

—¿Qué te pasa? —le preguntaba.

—El militar me pega, el patrón me pega —decía llorando, parada frente a mí.

Lloraba como una niña, agitándose. Yo me ponía de pie y la abrazaba, y ella me abrazaba con más fuerza pero sin soltar la escoba, como si esa escoba fuese la única arma que tuviese para defenderse y sobrevivir.

—Tranquila, ahora estás conmigo, no te va a pasar nada —le decía.

Pero Mercedes seguía llorando de un modo conmovedor, tanto que me hacía llorar a mí también, y me decía, con su vozarrón de niña grande que no sabe leer:

—Segurito que usted también me va a vender, joven. Segurito que también me va a vender.

—¡No, no, no te voy a vender! —le decía yo, con amor—. ¡Te juro que no te voy a vender!

Pero ella no me creía y lloraba, y yo lloraba con ella y sentía que las cosas malas que me habían pasado eran nimiedades comparadas con las que esa pobre mujer había sufrido en su larga y solitaria vida.

13

Ahora mismo no trabajo. En realidad, se podría decir sin exagerar que nunca he trabajado o, dicho de otro modo, que no he tenido un trabajo convencional. Quedarme en casa escribiendo novelas que muy poca gente lee no es una actividad que podría calificarse como un trabajo. Yo, al menos, no siento que trabajo cuando escribo mis pequeños desvaríos. Siento, por el contrario, que me distraigo, que me relajo, que me divierto incluso. Para mí, trabajar es el acto mismo de estar vivo, de sobrellevar mis fatigas crónicas y mis malos humores, y escribir es, en cambio, una manera de aliviar ese trabajo, de hacerlo menos abrumador. Entiendo perfectamente a los suicidas. Yo mismo soy un suicida en potencia. Suicidarse es un acto de sentido común: renunciar a un trabajo extenuante del que inevitablemente seremos despedidos de mala manera, sin importar el empeño que pongamos en hacerlo bien. No he intentado nunca suicidarme por la misma razón por la que he procurado no trabajar: por pereza, desidia y cobardía. Hay que tener valor para matarse, y yo carezco de ese valor. Lo que me salva es escribir. Si no tuviera esa posibilidad, la de escaparme de la realidad y jugar a ser otro, probablemente pensaría en una manera de acabar con mi vida. No podría pegarme un tiro o arrojarme de un piso alto. La única forma de suicidio que he contemplado, sabiendo que ni siquiera para eso me alcanzaría el coraje, es tomar pastillas para dormir, las suficientes para no despertar más. No lo he hecho y no lo haré, porque sería darle un triunfo a mi padre, la victoria final. Sé que me quiere destruir. No le basta con haberme robado el dinero que me quiso dejar el abuelo. Quiere saberme derrotado. Si me matase, lo haría feliz de una oscura, inconfesable manera. No lo haré. Mi mejor venganza es seguir vivo y porfiar en la tarea de escribir, aunque pocos me lean. Mi mejor venganza es publicar unas novelas que avergüenzan a mi padre, si se entera de ellas, lo que es bastante improbable. Tampoco puedo decir que me ha ido mal o que tengo poca fortuna. Cuando terminé mis estudios de literatura en la universidad católica de esta ciudad, mis padres, con quienes seguía viviendo entonces, me enviaron, ya con veinticinco años, a estudiar un posgrado en Barcelona. Hice en cuatro años, por vago y pusilánime, lo que tendría que haber completado en dos. Viví muy cómodamente del dinero que ellos me enviaban —todavía no había muerto el abuelo y yo pensaba que papá era un hombre generoso, no tenía razones para dudar de ello—, me entregué a los juegos del amor, fui un estudiante descuidado y escribí mi primera novela, que publiqué cuando cumplí treinta años. Al volver, me instalé en casa de mis padres y les dije que quería quedarme allí, en mi cuarto de toda la vida, escribiendo y durmiendo la siesta. Esto les pareció inaceptable. Me conminaron entonces a buscar un trabajo. Sin embargo, no había nada que me interesara o en lo que pudiese imaginarme trabajando a gusto sin renunciar a la primera semana. Lo único que me parecía tolerable —ni siquiera estimulante, apenas tolerable— era escribir en el periódico más leído de la ciudad, *La Nación*, cuyos dueños, la familia Martínez de la Guerra, eran amigos de mis padres. Así fue cómo conseguí un primer trabajo: mi padre llamó a don Aurelio Martínez de la Guerra, el director del periódico, y le sugirió que yo podía escribir esporádicamente unos artículos de opinión, y don Aurelio, muy generoso, como de costumbre, celebró con entusiasmo la idea y ordenó a la jefa de su página editorial, Ana Pereira, que me fichase como un colaborador regular. La señora Ana me propuso escribir un artículo semanal. Acepté encantado. Me pagaban bien, no tenía que ir al periódico, escribía de lo que me daba la gana, no me recortaban o cambiaban los textos, y me publicaban los domingos, el día de mayor lectura. No podría decirse, en rigor, que estaba trabajando, pero al menos había encontrado una manera de ganar un dinero modesto, que me permitió alquilar un departamento y pagar las cuentas sin vivir a expensas de mis padres. Mientras tanto, seguía escribiendo mis novelas, que, aunque no se vendían masivamente, también dejaban un dinero menor, pero un dinero al fin. Mis amigos me envidiaban. Vivía tranquilo y hacía lo que me gustaba. Todo iba bien, hasta que sucedió el incidente del correo electrónico. Una tarde, en mi departamento, tratando de escribir la novela pero, en realidad, perdiendo el tiempo en internet, recibí dos correos casi al mismo tiempo: uno de Jazmín, mi amante furtiva, y otro de la señora Ana, mi jefa. Jazmín era una joven muy guapa, casada, madre de un hijo, reportera de *La Nación.* Nos conocimos cuando salió mi novela y ella vino a entrevistarme. Hablamos un montón de boberías graves, pero creo que sólo estábamos pensando que queríamos irnos a la cama. Así ocurrió. Esa tarde hicimos el amor y Jazmín me deslumbró como una amante exquisita. Desde entonces, nos escribíamos con frecuencia correos electrónicos de índole sexual, citándonos para reanudar nuestros juegos íntimos. Como estaba casada y tenía un hijo, sólo venía a verme cuando podía escaparse de su rutina, una o dos veces al mes, y siempre me hacía gozar. Esa tarde me escribió un e-mail que decía:

Estoy aburrida en el trabajo. Te pienso y te pienso. Hoy tengo una faldita corta, esa negra, de cuero, que tanto te gusta. Me gustaría que metieras tu mano suavemente por entre mis piernas y que fueras subiendo, rozándome, hasta tocarme el calzón. Ay, qué rico, me excito de sólo pensarlo. Y luego, no te apures, me tocarías despacito, como sólo tú sabes, y meterías tu mano por adentro de mis calzoncitos y sentirías lo calentita y mojada que estoy por ti. ¿Te gusta, mi amor? Y después yo te haría unas caricias pero sólo por encima del pantalón, tocaría tus partes hasta sentirlas duras. Dime que estás caliente por mí. Contéstame ahora mismo. Te espero. Necesito verte.

De inmediato, leí el otro correo, el de la señora Ana Pereira, mi jefa. Decía:

Estimado amigo:

Debido al cambio de formato del periódico, que ahora, como podrá notar, resulta más ágil y dinámico, me veo en la obligación de pedirle, al igual que a todos los colaboradores del periódico, que a partir de esta semana sus escritos no excedan la cantidad de quinientas cincuenta (550) palabras, pues de lo contrario me veré en la obligación de abreviarlos yo misma, cosa que, sabedora de su alta cultura y sapiencia, no me gustaría tener que hacer. Apreciando mucho su esfuerzo para ceñirse a las nuevas reglas de la página editorial, me despido muy cordialmente,

ANA PEREIRA

Escribí en primer lugar, como naturalmente correspondía, la respuesta a Jazmín:

Mi amor: me encantaría meterte la mano por debajo de la falda, sentir cómo te mojas para mí, hundir mi dedo y mirarte a los ojos mientras tú jadeas y yo te susurro al oído cosas ricas, por ejemplo, que la tengo durísima y quiero clavártela en tu culito delicioso hasta que te guste y me pidas más y me lo muevas rico. No me importa que trabajemos en el mismo diario y mis artículos no te gusten y ni siquiera los leas, lo único que quiero es romperte el potito. Sé que te va a gustar. Dime, por favor, que tu culito es mío.

Por desgracia, en un descuido, en un instante de atropello y confusión, envié ese mail no a su destinataria, la ardiente Jazmín, sino a la señora Ana Pereira. No me di cuenta de la barbaridad que había perpetrado hasta que, media hora más tarde, recibí un correo de la señora Ana, que decía:

Señor:

Me siento vejada por las obscenidades que me ha escrito, faltándome al respeto y denigrando mi labor profesional. No le permito que me diga esas cochinadas. Podrá usted escribirlas en sus novelitas semipornográficas, pero a mí, que soy una dama, madre de familia, católica practicante y mujer de bien, no tiene derecho de escribirme esas asquerosidades. Para su información, he reenviado su carta a nuestro director, don Aurelio Martínez de la Guerra, quien tomará las medidas pertinentes del caso. No le guardo rencor. Sólo me permito recomendarle que busque ayuda psiquiátrica, pues mi humilde opinión es que la necesita con suma urgencia. Adiós,

ANA PEREIRA DE SILVA
Jefa de la Página Editorial
Diario *La Nación*

En ese momento, sólo pude soltar una carcajada. ¡No podía ser tan idiota de haberle enviado a la señora Ana el mail que escribí para Jazmín! Pero sí, en un momento de precipitación, presioné la tecla equivocada y ocurrió el malentendido. Me reí mucho, llamé a Jazmín al celular y le conté lo que había ocurrido, y ella, después de asegurarse de que su nombre no aparecía en el mail del escándalo, se rió a gritos y me dijo que seguramente la señora Ana, no obstante sus modales circunspectos, se había erizado un poco con mis palabras calenturientas.

Al día siguiente recibí una carta muy formal de don Aurelio Martínez de la Guerra, comunicándome, muy a su pesar, que, por razones de principios, no podía seguir colaborando en su periódico, pues había sometido a «acoso sexual» —ésas fueron las palabras que usó— a una de sus más apreciadas colaboradoras, la señora Ana

Pereira, no quedándole más remedio que prescindir de mis servicios profesionales.

Fue así como perdí mi trabajo. Por suerte, mis libros —y sobre todo las películas que se hicieron basadas en dos de ellos— me han dejado suficiente dinero para comprar esta casa y vivir sin apremios, de modo que no extraño los artículos semanales en *La Nación*. De todas formas, ahora, cada vez que mando un e-mail, me aseguro de que sea a la dirección correcta.

14

Petronila Navarro o Petronila Chacón, así debe llamarse, si todavía vive, la madre de Mercedes. Quiero encontrarla. Aun si ya murió, me gustaría contárselo a Mercedes, decirle dónde la enterraron, para que ella, si quiere, pueda visitar su tumba algún día. Mañana viene Mercedes a limpiar. La echo de menos. Su presencia llena de humor y vitalidad esta casa. No tengo ganas de escribir estos días. Me levanto muy cansado y sólo quiero oír música y caminar pensativo por los pasillos ahora relucientes de la casa. Llamo por teléfono al número de información en Caraz y pregunto si tienen registrado el número de Petronila Navarro. Me dicen que no. Pregunto si habrá un número a nombre de Petronila Chacón. Me dicen que no. Irritado, insisto:

—¿Sería tan amable de darme el teléfono de todas las Petronilas de Caraz?

La operadora ahoga una risa burlona y responde:

—Señor, en Caraz muy poca gente tiene teléfono, y además, yo sólo puedo mirar por el apellido.

—¿Pero no puede hacer una excepción y mirar por el nombre?

—No, señor, desconozco.

—¿Usted no conocerá en Caraz a una señora de nombre Petronila Navarro o Petronila Chacón?

—Desconozco, señor.

—¿Cómo que desconoce, si Caraz es tan chico y todos se conocen?

—Le repito, señor: desconozco mayormente. Además, en Caraz casi todas las mujeres tienen criaturas como cancha.

Cuelgo, ofuscado. Poco después, vuelvo a llamar y pregunto por el teléfono de la comisaría de Caraz.

—¿Qué departamento busca? —me sorprende la misma voz.

—El teléfono general de la comisaría de Caraz.

—No hay un teléfono general, señor.

—¿Qué opciones hay?

—A ver, ya le digo: sección denuncias, sección antecedentes policiales, sección detenidos y sección campeonato de fulbito.

—Bueno, casi mejor si me da el número de denuncias.

—Tome nota —dice ella, y a continuación dice unos números y cuelga.

Llamo entonces al número que me ha dado. Nadie contesta. Vuelvo a llamar. Siguen sin responder. A estas horas de la tarde, alguien debería estar cerca del teléfono en esa comisaría en el medio de la nada. Insisto una tercera vez.

—¿Aló? —contesta una voz ronca.

—¿Comisaría de Caraz?

—Así es, a sus órdenes, ¿en qué puedo servirlo?

—Estoy buscando a una mujer con el nombre de Petronila Navarro y no sé si usted me podría ayudar a encontrarla.

Se hace un silencio.

—¿Cómo dice? —carraspea el tipo al teléfono.

—Que no sé si me puede ayudar a encontrar a una mujer.

—¿Quiere hacer una denuncia en el libro de personas desaparecidas? —me interrumpe.

—No, no, quiero pedirle que me ayude a ver si en Caraz todavía vive la señora Petronila Navarro, que es la mamá de...

—Señor, parece que no me entiende o está medio sordo: si no quiere hacer una denuncia, no lo puedo ayudar. Ésta es la sección denuncias. Acá, si no se hace una denuncia, no podemos buscar a nadie.

—Entiendo.

—Entonces, ¿hacemos la denuncia o no?

—Sí, por favor, hagamos la denuncia.

—Un ratito, espéreme que apunto en el cuaderno.

—Tranquilo, no hay apuro.

—A ver, ¿nombre de la No Habida?

—Petronila.

—¿Apellido?

—Navarro o Chacón.

—Navarro Chacón.

—No: Petronila Navarro o Petronila Chacón.

—Ya. ¿O sea que hay dos desaparecidas?

—No, no. Es una sola.

—Ya. ¿Petronila Chacón es su alias?

—No, es que no sé si se apellida Navarro o Chacón.

—¿Cómo que no sabe?

—No sé, señor comisario.

—No soy el comisario. Soy el mayor Concha.

—Perdone.

—¿Entonces seguimos?

—Seguimos.

—Apellido Navarro, alias Chacón.

—Bueno sí, uno de dos.

—¿Edad?

—No estoy seguro, pero si vive, debe estar por los ochenta años.

—¿Desconoce la edad?

—Desconozco.

—Ya. Edad, desconoce.

—Sí, pero es muy vieja.

—Ya. Vieja. ¿Es su vieja?

—No, mayor, no es mi vieja, es la mamá de mi empleada doméstica.

—Ya. No es su vieja. ¿Ocupación?

—¿De ella o mía?

—Cualquiera, da lo mismo, tengo que llenar la ficha. ¿Ocupación?

—Ella, no sé, pongamos madre de familia, ama de casa.

—Ama de casa. Muy bien. ¿Dirección?

—¿Cómo dirección, mayor? ¿Si no le digo que la estoy buscando?

—No me falte el respeto, oiga. Puede saber la dirección de la desaparecida. Hay muchos casos así.

—Tiene razón, mayor, mil disculpas. Pero no, no sé la

dirección, sólo sé que vivía en Caraz, ni siquiera le puedo asegurar que todavía viva en Caraz o que todavía viva.

—¿Cómo dice? No entiendo nada.

—No tengo la dirección, oficial.

—Bueno, sigamos. Dirección, desconoce. ¿Color de piel?

—No sé.

—¿Cómo no sabe?

—No sé, mayor.

—¿No se acuerda o está haciéndose el cojudo?

—Nunca la he visto. No la conozco a la señora Petronila Navarro.

—¿Cómo dice? ¿Desconoce a la señora?

—Desconozco, oficial.

—¿Y entonces para qué carajo la busca?

—Porque es la mamá de una amiga mía que no la ha visto en cuarenta años y tiene la ilusión de...

—Ya, ya, no me chamulle tanto, sigamos llenando la ficha. ¿Color de ojos?

—No sé.

—Desconoce. Pero ¿más o menos?

—Pongamos negros.

—Trigueños mejor.

—Perfecto, trigueños.

—¿Estatura?

—Ni idea.

—¿Su costilla es chata?

—¿Cómo dice, oficial?

—Su hembrita, pues. La hija de la No Habida.

—Bueno, sí, no es alta.

—Entonces la vieja debe ser chata. Pongamos 1,65, que es lo que miden todas las viejas acá en Caraz.

—Lo que usted diga.

—¿Estado civil?

—Lo que usted diga, oficial.

—¿Es vieja, no?

—Sí. Si está viva, puede tener ochenta años por lo menos.

—¿Pero cómo? ¿No sabe si está viva?

—No, oficial. Ya le digo. No sabemos de ella hace cuarenta años.

—Oiga, pero qué ganas de joder. Vaya primero al cementerio, entonces. Seguro que allí la encuentra.

—Bueno, sí, a lo mejor está muerta.

—No crea, tampoco. Acá en Caraz, las mujeres no se mueren nunca. Como si nada, llegan a los cien años mascando coca, las viejas. Estado civil, ¿qué me dijo?

—Separada, creo.

—Separada. Ya. A ver, ya estamos terminando, ¿número de libreta electoral?

—No sé.

—No sabe. Usted no sabe nada, carajo. ¿Cómo vamos a encontrar a la vieja si no me ayuda?

—Oficial, le propongo una cosa.

—Diga.

—Pero no se ofenda, por favor.

—Diga.

—Usted averigüe como pueda si en Caraz hay una vieja de nombre Petronila Navarro o Petronila Chacón. Yo llamo en un par de días. Si me da alguna información, yo le mando un regalito.

—¿Cómo dice?

—Que si usted me ayuda, yo le retribuyo generosamente, mayor Concha.

—Ya, ya. Ahora sí nos vamos entendiendo. O sea, ¿me está pidiendo que haga un trabajito en mis horas extras, no es cierto? Porque si esto lo hacemos por la vía regular, le aviso que va a demorar como mierda. Pero si yo me encargo en mi día de franco, como un cachuelito, como una cosa digamos al margen, ahí sí que rapidito le tengo una respuesta.

—Entiendo. Por eso le digo. Usted se ocupa personalmente y yo le retribuyo.

—¿Cuánto sería la paga?

—Lo que usted diga, mayor.

—Mire, en estos casos, lo que se estila son unos trescientos soles.

—Hecho.

—Mándeme la mitad mañana mismo por transferencia del Banco del Progreso de Caraz a nombre del mayor Julio Concha Fina, y apenas reciba la plata, me pongo a trabajar. En una semana ya debo tenerle noticias.

—¿Tanto? ¿Una semana? Pero Caraz es chiquito, oiga.

—No me apure, tampoco. Este fin de semana hay campeonato de fulbito, por eso le digo.

—Ah, entiendo. Mañana le mando la plata, entonces.

—Así quedamos. Y yo le encuentro a la vieja aunque tenga que sacarla de la tumba, ya sabe.

—Gracias, mayor Concha.

—A sus órdenes, oiga. Entonces, ¿para qué quiere encontrar a la vieja?

—Para que conozca a su hija.

—¿Cómo dice?

—Quiero llevarle a su hija para que se conozcan.

—¿Está usted borracho?

—No, no. Para nada.

—¿Cómo no va a conocerla, si es su hija?

—Es que la vendió de chiquita.

—¿La vendió?

—Sí, de chiquita.

—Puta, cómo es la gente, carajo. Yo a mi hijo lo vendería también, por ocioso, pero nadie me lo compra. Bueno, ya, llámeme en una semana, ahora tengo que irme, que hay fulbito.

—Gracias, oficial. Le quedo muy agradecido.

—No, agradecido, no. Me queda debiendo trescientos soles, no se haga el cojudo.

—Mañana le mando la plata.

—Eso, no se olvide, ¿ah? Porque si no me paga, encuentro a la vieja esa, alias Chacón, y le rompo el culo a patadas.

—No, no, mayor, ya va la plata.

—Bueno, acá la espero. ¿Alguna otra denuncia? ¿Algo más que agregar?

—Nada más, oficial.

—Ya sabe, mande la plata y le averiguo todita la cojudez. Hasta luego.

Corto. Me quedo pensativo. Este país es un delirio. Espero que el mayor Concha Fina me ayude a encontrar a la mamá de Mercedes.

15

Es lunes y Andrea viene a verme como todas las semanas. Me trae de regalo un libro de poesía de Bolaño que no he leído. Se alegra al ver la casa tan limpia.

—Por fin no veo arañas por todas partes —dice, aliviada.

Sin embargo, cuando estamos besándonos en mi habitación, me sorprende:

—Todo huele demasiado limpio, extraño que este cuarto huela a ti.

Nos quitamos la ropa, pero yo me quedo con medias, una camiseta y un suéter de cachemira, y ella me pide que me los quite, y yo le digo que no puedo, y entonces ella me pregunta por qué, y yo respondo:

—Porque estoy resfriado.

—No parece —dice, y eso me irrita.

—He dormido pésimo. Tengo una tos que no se va. Me siento fatal.

—Entonces no hagamos el amor.

Estaba en mi cama, pero ahora se ha puesto de pie, contrariada, y me mira con cierta crispación.

—¿No tienes ganas? —pregunto.

—Eres tú el que no tiene ganas —responde ella.

—Sí tengo ganas —la corrijo suavemente—. Tengo ganas de hacer el amor, pero no de resfriarme más, y por eso prefiero no quitarme toda la ropa.

Me da un ataque de tos. Termino en el baño, escupiendo. Al salir, digo:

—Odio estar así. Estaba tan bien la semana pasada.

—Mejor no hagamos nada —dice ella.

—Creo que el lunes pasado, que tú estabas resfriada, me contagiaste —digo.

Andrea me mira sorprendida.

—Creo que tus besos me salieron caros —añado.

Ahora está furiosa, sus ojos la delatan.

—¿Me estás echando la culpa de tu resfrío? —me pregunta—. ¿Estás diciendo que yo te contagié al besarte?

—No te molestes, amor.

—No me molesto. Pero acabas de decirme que mis besos te salieron caros. O sea que yo tengo la culpa de que estés mal, ¿no es así? El pobre escritor solitario está sufriendo por culpa de la malvada de su amante, que le ha pasado con sus besos una horrible enfermedad, ¿no es cierto?

—Andrea, no dramatices, por favor. Simplemente dije que...

—No digas nada más. Ya entendí. Yo te contagié. Mis besos te hacen daño.

—No he dicho eso.

—¡Sí lo dijiste! ¡No lo niegues! ¡Acabas de decirme que mis besos te enfermaron!

Me quedo en silencio, arrepentido de haber dicho lo que dije.

—Bueno, mejor me voy —dice ella.

Termina de vestirse, toma su cartera y añade:

—No me llames. No sé si vendré el lunes. Que te mejores.

—Amor, por favor, no te vayas, perdóname, soy un tonto, no pensé lo que decía.

Pero Andrea no se detiene, sale de mi casa, entra en su auto y se marcha de prisa. No debí decirle eso. Soy un idiota. Sin embargo, estoy convencido de que el lunes pasado ella me contagió el resfrío. No sé por qué le molestó tanto que se lo dijese. Más tarde, a medianoche, me manda un correo electrónico que dice:

Espero que estés mejor. Te extraño. Esta noche voy a dormir con la camiseta y el calzoncillo que me regalaste. Te amo.

Respondo en seguida:

Lo siento. Yo te amo más. Tócate pensando en mí. Te espero el lunes.

16

Detesto ir al banco, más aún en esta ciudad en la que moverse puede ser tan complicado y peligroso. Tengo una cuenta de ahorros no porque me guste o confíe en el sistema bancario de este país, sino porque mi agente editorial, que está en Barcelona, me obliga a ello, pues de otro modo no podría enviarme regularmente las regalías que me corresponden por la venta de mis libros. No creo en los bancos, especialmente en los bancos de este país tercermundista. No tiene sentido guardar mi dinero en ellos. Está más seguro en una caja fuerte escondida en mi casa. Es más probable que me roben en el banco o saliendo del banco a que lo hagan en mi propia casa. Es más probable que el banco no me devuelva mi dinero a que yo lo pierda en casa. Es más probable que el banco me devuelva la tercera parte de mi dinero, no en la moneda fuerte en que yo lo deposité, sino en la devaluada moneda local, a que yo pierda las dos terceras partes de mi dinero en casa. Por eso no confío en los bancos y tengo la mayor parte de mi dinero, que no es mucho, apenas lo suficiente para no pasar incomodidades o privaciones, escondida en una caja de seguridad cuya combinación es el día, el mes y el año en que salió a la venta mi primera novela. Me ha ido bien así. Me evito las colas del banco, los mendigos en la puerta, el tráfico caótico de los alrededores, la incomodidad de agradecerle a una persona no siempre amable para que me dé mi propio dinero, como si me hiciera un favor al dármelo. Podría pensarse que, al tener mi dinero en casa, estoy perdiendo los intereses que pagaría el banco. Me tiene sin cuidado. Como no es mucho dinero, prefiero perder los intereses pero ganar la libertad de sacar mi dinero cuando quiero, sin ir a pedírselo a nadie después de perder media hora o más en una cola de gente impaciente. Hoy, sin embargo, no me queda más remedio que ir al Banco del Progreso a mandarle ciento cincuenta soles al mayor Julio Concha Fina para que me dé información sobre el paradero incierto de la madre de Mercedes.

17

Llamo a la comisaría de Caraz, sección denuncias, y tengo la suerte de que conteste el mayor Concha, cuya voz reconozco en seguida. No hace falta que me identifique. Apenas digo tres palabras, me interrumpe con una voz animada y anuncia:

—Tengo buenas noticias para usted.

Antes de oírlas, me apresuro en preguntarle:

—¿Le llegó la plata, oficial?

—Sí, cómo no, la recibí, pero así tan rápido como llegó, ya se fue.

—No me diga.

—Sí, oiga, es que jugamos fulbito anoche y había que celebrar, así que nos fuimos a chupar cerveza con toda la comisaría, y como estaba bien mamado, pagué la cuenta, carajo, si seré huevón.

—Bueno, pero al menos pasaron un buen momento, ¿no?

El mayor Concha se ríe y dice:

—No, no pasamos un buen momento, pero nos metimos una tranca de la gran puta.

—Comprendo.

—Bueno, hablemos de lo nuestro, le cuento de la vieja que anda buscando —dice, con la voz ahora seria, como dándose importancia.

—Dígame, por favor. ¿La encontró?

—Claro, pues, yo acá, en Caraz, encuentro hasta a la

hija de san Puta. Si no encuentro a alguien, es porque se fue de Caraz o se fue al otro mundo.

—Cuénteme todo lo que sabe de ella. ¿Cómo se llama?

—No sé. Tanto no sé tampoco.

—Pero ¿cómo no va a saber, oficial?

—No sé, le digo. No sé. Le pregunté a la vieja si se llama Petronila Navarro y me dijo que sí.

—Bueno, entonces se llama así, ¿no?

—No sabemos, porque le pregunté si se llama Petronila Chacón y también me dijo que sí.

—¿En serio?

—Así como le digo, doctor. Oiga, ¿cuándo me manda el resto de mi plata?

—Mañana mismo, oficial. Pero tiene que darme al menos el teléfono de la señora Petronila, para llamarla y verificar que es ella.

—¿Teléfono? —se ríe—. No, imposible.

—¿Por qué?

—Porque no tiene, pues, amigo. Parece turista usted. ¿Qué va a tener teléfono esa vieja, si vive en una choza?

—Bueno, entonces me puede dar la dirección.

—No, tampoco, imposible.

—Pero ¿por qué? ¿No me dice que estuvo con ella?

—Sí, así mismito, fui a su casa y a gritos tuve que hablarle a la vieja, porque está más sorda que una pared.

—¿Y entonces? Si fue a su casa, ¿por qué no apuntó la dirección?

—Porque no tiene dirección, pues. Es una choza de esteras, arriba del cerro.

—¿No hay una callecita o un número o algo?

—Nada, nada, ni un carajo, le digo. Hay que trepar el cerro por el lado de la parroquia, y a medio camino, entre varias casitas, ahí vive la vieja desaparecida, la Navarro Chacón esa.

—¿No hay calle?

—¿Qué va a haber calle? Caminito de tierra nomás hay.

—Y si quiero ir a verla, ¿cómo voy a llegar, entonces?

—Fácil, doctor. No se sulfure. Facilísimo. Viene acá, a la comisaría, y yo lo llevo a la casa de la No Habida por una cantidad sumamente módica.

—Entiendo.

—Ahora nos vamos entendiendo.

—¿De cuánto estamos hablando?

—Bueno, lo menos otros trescientos soles, ¿no? Porque no sabe cómo he tenido que romperme el lomo para encontrar a la vieja sorda esa.

—¿Y cómo sé yo que es ella, oficial?

—Confíe, pues. Tampoco soy cojudo, oiga. ¿O tengo voz de cojudo?

—No, no, en absoluto. Pero antes de ir hasta Caraz, que es todo un viajecito, me gustaría tener la plena seguridad de que la mujer que usted ubicó en el cerro es la mamá de...

—La mamá de su hembrita, sí. Ya lo entiendo. Pero así como le digo, la vieja sorda del cerro es la que usted anda buscando.

—¿Cómo sabe? ¿Qué hablaron? ¿Qué le dijo?

—Casi no hablamos, porque no me escuchaba ni pinga la vieja. Pero le pregunté si tiene una hija de nombre Mercedes.

—¿Y?

—Y me dijo que sí. Y le pregunté si a esa hija de nombre Mercedes la vendió cuando era chibolita y no ha vuelto a verla, y me dijo que sí.

—¿Eso le dijo?

—Eso me dijo. Seguro. Todo me dijo que sí. Claro que, de repente, está más loca que una cabra, y si le pregunto si es la mamá de Pelé, también me dice que sí la vieja. Todo dice que sí.

—A lo mejor se asustó porque lo vio de uniforme.

—No, ni cojudo, yo fui de civil. Cuando hago estos trabajos no voy uniformado, oiga.

—Entiendo.

—Además, si subo uniformado a ese cerro, bajo calato y muerto además.

—¿Tan peligroso es?

—Sí, mucho choro, mucho ratero hay allí arriba.

—Pero, oficial, si la señora está sorda y no se acuerda de nada, ¿cómo sabemos realmente si es ella, la señora Navarro o Chacón? Porque yo quiero mandarle el resto de su dinero mañana, pero...

—Quédese tranquilo, oiga. Confíe en mí. Yo le rebusqué todito a la vieja y encontré sus papeles.

—¿Qué decían?

—Se llama Petronila Navarro Chuquipiondo y nació en Caraz el año 1920.

—Es ella, entonces.

—Le digo, es ella. Yo acá encuentro al que sea, oiga, y si no lo encuentro, le devuelvo su plata a usted, porque en esta comisaría seremos un poco borrachos, pero no rateros, eso ni cagando.

—Genial. Buen trabajo, mayor Concha.

—Para eso estamos, mi amigo. Así que mañana me llega mi plata, ¿estamos?

—Sí, mañana mismo le mando el resto.

—Ahora sí nos vamos entendiendo. Y si usted quiere

venir a ver a la vieja con su hembrita, venga nomás, venga a la comisaría de Caraz, pregunte por el mayor Concha Fina y yo lo llevo al cerro ahí mismito donde vive la sorda.

—Magnífico, oficial. Es usted muy amable y todo un profesional.

—Bueno, bueno, muchas gracias. Si así están las cosas, a lo mejor me quiere dar una propinita extra, ¿no? Pero eso ya se lo dejo a lo que sea su voluntad, ¿estamos?

—Estamos.

—Entonces, acá lo espero, y no se olvide de mandarme mi plata, que la vida está jodida acá en Caraz y con lo que gano en la comisaría no alcanza para nada, oiga.

—Ya me imagino.

—No, no se imagina. Una miseria pagan acá. Una mierda. Perdone que le hable bajito, pero no quiero que me escuche el mayor comisario.

—Lo llamo en dos o tres días para ver si recibió el dinero, mayor Concha.

—Ya. Acá lo espero. Y si quiere ver a la vieja, no se demore mucho, que ya está jugándose los descuentos y cualquier día estira la pata, le aviso. No vaya a ser que cuando lleguemos, ya esté finada y no me quiera pagar después, que ahí lo tendría que arrestar por desacato.

—¿Desacato a qué, oficial? —pregunto, alarmado.

—No sé, pues. Por desacato nomás. Acá, en Caraz, arrestamos así, por desacato, y como nadie tiene ni puta idea de lo que eso significa, van presos igual.

El mayor Concha se ríe y yo me río con él y luego cuelgo el teléfono. Mercedes se va a poner muy contenta. Mañana viene a limpiar y le daré la noticia.

18

Un hombre apuesto, bien vestido, de unos cuarenta años o poco menos, entró en la librería de Andrea, sacó de los anaqueles un libro voluminoso y se sentó en uno de los sillones.

Luego echó una mirada a ese libro, el tomo II de las *Obras completas* de Borges, y, sin tratar de ocultarse, a la vista de todos, arrancó la tapa y las veinte primeras páginas del libro.

Uno de los vendedores llamó entonces a Andrea, quien, muy amablemente, le pidió a ese extraño sujeto que pagase el libro dañado. Sin levantarse del sillón, el hombre dijo que no pagaría el libro. Andrea le dijo que tendría que llamar a la policía.

—No voy a pagar el libro aunque venga la policía —dijo él, muy calmado—. No tengo nada que hablar con usted, señorita. Borges tiene la culpa de todo.

Andrea se quedó en silencio, sin entender. Luego le preguntó:

—¿Por qué Borges, señor?

—Porque yo quería ser escritor —dijo él, muy triste—. Pero cuando leí a Borges ya no pude escribir una línea más. Me di cuenta de que no tenía sentido escribir después de Borges. Era un genio, ¿comprende? Un genio, señorita. Y por su culpa yo soy ahora un escritor frustrado.

19

—Mercedes, tu mamá está viva —le digo, con una sonrisa, apenas abro la puerta.

Es un día gris como suelen ser los días en esta ciudad. Mercedes me mira sorprendida, los ojos de lechuza, la cara regordeta, el pelo canoso bien alisado, con raya al medio, y dice:

—¿Cómo sabe, joven?

Me apresuro en responder, orgulloso:

—Hablé con la policía de Caraz, la buscaron y la encontraron.

Mercedes parece alarmada.

—¿Y qué le hicieron? —pregunta.

—Nada, nada —respondo, calmándola, haciéndola pasar a la casa, cerrando la puerta tras ella—. Sólo fueron a su casa y le preguntaron si es Petronila Navarro, si tiene una hija de nombre Mercedes, y ella dijo que sí.

—¿Cómo va a ser, joven? —dice, incrédula.

—Así como te digo, créeme. Hasta miraron sus documentos y vieron que se llama Petronila Navarro Chuquipiondo.

Mercedes ríe nerviosa y dice:

—Chuquipiondo. No puede ser, joven. Así no se llama mi viejita. Chuquipiondo, cómo va a ser.

—Pero ése es su apellido materno, tú seguramente nunca lo supiste, eras muy chiquita.

—No sé, joven —dice, con aire triste, pensativo.

—¿Pero no estás contenta de saber que tu mamá está viva? —pregunto, sorprendido por su frialdad.

Ella me mira como una niña asustada.

—No, la verdad que no —responde—. Yo ya no tengo mamá, joven. Ya me acostumbré así. Me ha debido preguntar antes de llamar a la policía. Es medio loquito usted, joven.

—No pensé que te molestaría —digo—. Pensé que te haría feliz saber que tu mamá está viva y que podemos ir a verla.

Ahora Mercedes frunce el ceño y me mira con desconcierto.

—¿Qué dice, joven? —pregunta, abriendo mucho los ojos.

—Nada, nada. Que si quieres, podemos subirnos a la camioneta y manejar hasta Caraz y visitar a tu madre, después de tanto tiempo que no la ves —digo, haciendo una leve caricia en el brazo rollizo de la mujer.

Mercedes rompe a reír, cubriéndose la boca con una mano.

—¿Está loco, joven? —dice—. ¿Está bromeando?

—No, hablo en serio. ¿No sería divertido ir juntos a Caraz por un fin de semana?

Ella me sigue mirando con perplejidad.

—Pero ¿para qué?

—Para que veas a tu mamá, pues. Para que la veas después de tantos años sin verla. ¿No te gustaría?

Ella mueve su cabezota, desaprobando mi sugerencia, y dice:

—No, joven, mejor no.

—¿Por qué? ¿Prefieres no verla más?

—Mejor no —dice, con aire melancólico.

La llevo a la cocina, le sirvo una limonada y nos sentamos.

—¿Te da miedo? —le pregunto.

Demora en responder.

—Miedo, sí, un poquito —confiesa.

—¿Miedo a qué? —insisto, con cariño.

—Ya no me va a reconocer, joven. Ya está muy viejita. Seguro que ni sabe quién soy.

—Claro que sabe. ¿Cómo no va a saber? Si el policía le preguntó si se acordaba de una hija Mercedes que vendió y ella dijo que sí.

—Pero a lo mejor no tiene ganas de verme, pues. Si me vendió, por algo fue. De repente, ya se olvidó de mí y no quiere verme más. ¿Para qué voy a ir?

—No, eso es imposible, Mercedes. Siendo tu mamá, y siendo una ancianita que cualquier día se muere, va a estar feliz de verte, eso te lo puedo asegurar.

—Puede ser, puede ser —dice, pensativa.

—¿Pero tú tienes ganas de verla o mejor no?

—Un poco sí, por curiosidad, porque ya ni me acuerdo de su cara —responde, con una media sonrisa, y bebe un trago, y luego tose, nerviosa—. Pero ¿usted para qué va a ir hasta allá, que es lejos?

—Bueno, para acompañarte.

—No le conviene, joven. Es mucho camino. Y a usted no le gusta salir de su casa, no le gusta manejar ni a la bodega, menos le va a gustar tirarse una manejada hasta Caraz. Muchas horas son.

—Bueno, no es para tanto —digo, tratando de animarla—. Podemos parar en el camino y dormir en un hotelito, así hacemos el viaje más suave.

Mercedes sonríe, nerviosa.

—No, joven, mucho trajín, no sea loco. Después se va a arrepentir y se va a molestar conmigo y me va a echar todita la culpa. Usted, que es bien dormilón y todo el día quiere estar tirando pestaña, no le va a gustar el viaje hasta mi tierra.

—Ay, Mercedes, no seas exagerada, no es para tanto.

—Además, así yo no puedo ir —dice, tajante.

—¿Así, cómo? —pregunto, sin entender.

—Así, pues, joven —dice—. Así como estoy.

—Pero estás bien, no entiendo.

Ella me mira, irritada, y dice:

—¿No ve que casi no tengo dientes?

Luego baja la mirada, avergonzada.

—¿Y qué? —pregunto—. ¿Te da vergüenza?

—Claro, pues —responde ella, como si fuese una obviedad—. ¿Cómo voy a ir a ver a mi viejita así, con todos los dientes caídos? No, pues. No se pase, tampoco.

Me río y, al verme reír, ella sonríe, se relaja y toma más limonada.

—Bueno, entonces iremos al dentista —digo.

—¿Al dentista? —se asusta—. ¿A qué?

—A que te arregle los dientes, pues, tonta.

—¿Pero qué va a arreglar, si ya no tengo dientes?

—Bueno, a que te ponga dientes postizos, entonces.

Mercedes se ríe, pero ahora parece halagada, y veo en sus ojos un brillo que tal vez revela que esa idea, la de arreglarse los dientes, le hace ilusión.

—No, joven, muy caro es —dice.

—Eso no importa, yo pago feliz —insisto.

—Mejor no, joven. Después se arrepiente y me bota.

—No seas tontita —digo—. Primero iremos al dentista y te arreglas los dientes. Y después, si te animas, sólo si te animas, vamos a visitar a tu mamá.

Ella me mira sin saber qué decir.

—Pero te prometo que tú decidirás todo. Es sólo una idea. Si no quieres ir, no vamos y ya está.

—Bueno —acepta ella.

—¿Hago una cita con el dentista, entonces?

—Pero sólo si me descuenta poco a poco lo que cobre.

—No, no, estás loca.

—Entonces, ni hablar, joven. Usted no tiene por qué pagarme el dentista.

—¿Por qué no?

—Porque no, pues.

—Yo lo pago porque me provoca y porque te quiero mucho.

Mercedes me mira, se le humedecen los ojos, se levanta de prisa, como avergonzada de llorar frente a mí, y dice:

—Ya, joven, mucho estamos hablando, mejor me voy a trabajar, que se está haciendo tarde.

Me levanto y la llamo:

—Mercedes, ven.

Ella se detiene y me mira con recelo.

—Ven —insisto.

Se acerca con los ojos llorosos y yo camino dos pasos y le doy un abrazo, y ella solloza en mi hombro mientras palmoteo suavemente su espalda y le digo:

—Te quiero mucho. Te voy a arreglar los dientes y te van a quedar lindos. Y después vamos a ir a ver a tu mamá.

Ella se deja abrazar como una niña y, cuando recupera el aliento, dice:

—Gracias, joven. Muy bueno es usted. Pero yo no merezco.

—Sí lo mereces, claro que lo mereces.

—¿Y si mi mamá me bota de su casa? —pregunta, asustada.

La abrazo con fuerza.

—Eso no va a ocurrir, tontita —digo—. Va a estar feliz de verte.

—No sé, joven. Me da miedo.

—Bueno, si te bota, te vienes a vivir conmigo.

Mercedes sigue llorando y ahora se atreve a abrazarme.

—Bien lechera soy de haberlo conocido —dice.

20

No voy al dentista hace más de dos años. Tengo un pésimo recuerdo de la última vez que lo visité. En realidad, no hizo un mal trabajo en aquella ocasión. Durante dos semanas, me sometió a un delicado tratamiento para blanquear mi dentadura. Me hizo sufrir en esas seis sesiones interminables y me cobró un dinero considerable, pero, cuando terminó, logró unos resultados sorprendentes: mis colmillos filudos habían sido recubiertos con unas capas de porcelana y ahora parecían dientes casi perfectos, y el color amarillento que antes predominaba, como consecuencia de mis años de fumador y de las muchas coca-colas y cafés que había bebido, dio paso a un blanco impecable, radiante, digno de una propaganda de pasta dental. Quedé encantado y no me molestó pagar. Subí a la camioneta y emprendí el camino de regreso a casa. Estaba tan contento con mi nueva sonrisa que no podía dejar de mirarme en el espejo. En un momento de distracción, mientras contemplaba embobado mis dientes níveos y sonreía para mí mismo en el espejo, desvié la mirada de la ruta, me salí de la pista y choqué violentamente con un poste de luz al lado del club de golf. La camioneta quedó bastante estropeada y yo terminé en la clínica con una contusión en la cabeza y un corte en la frente. Por suerte, mis dientes no se rompieron con el impacto. Cada vez que sonrío en el espejo, recuerdo ese momento en que, por disfrutar de mi nueva sonrisa, me estrellé contra un poste, y me siento un idiota. No le conté esto a mi dentista, y tampoco se lo contaré cuando vaya con Mercedes.

21

—Asiento, sólo será un momentito —nos dice amablemente la secretaria, tan pronto como llegamos al consultorio de mi dentista, una mujer obesa, locuaz, encantadora, llamada Wendy, que nació en Wisconsin y, en un viaje a Cuzco, se enamoró de un peruano y decidió venirse a vivir a Lima.

Mercedes y yo nos sentamos en unos sillones gastados y yo leo un periódico del día y ella hojea las fotos de una revista de chismes porque no sabe leer pero dice que cuando ve las fotos ya puede imaginarse si hablan bien o mal de la persona que aparece retratada. La pobre Mercedes está asustada. Tuve que insistirle mucho para que se animase a venir al dentista.

—No te preocupes, no te va a doler nada —le digo, pero ella me mira con desconfianza—. Wendy es la mejor dentista que conozco, ya verás lo buena que es.

—Yo no sé para qué he venido acá, joven —dice ella, nerviosa—. Ya no estoy yo para estas cosas. Ahorita me falla el corazón y me muero acá mismito.

—Ay, Mercedes, no seas dramática, vas a estar feliz con tus dientes nuevos —digo, y palmoteo suavemente su espalda.

Poco después aparece Wendy, la dentista. Lleva un mandil celeste y una mascarilla que se retira en seguida para saludarnos con una sonrisa y un apretón de manos. Como es norteamericana, no saluda con un beso en la mejilla, lo usual en esta ciudad, sino estrechando la mano con una fuerza que parece excesiva. Sin demora, nos hace pasar a un cuarto, señala una silla blanca reclinable y le pide a Mercedes que se tienda allí para examinar su dentadura. Ella me mira con temor, sin saber qué hacer, y yo le hago una señal cariñosa, animándola a ponerse en manos de Wendy.

—¿Duele, doctora? —pregunta.

—Casi nada, un poquito nomás —responde Wendy—. Lo único que duele, pero casi nada, es cuando te pongo la anestesia, pero es un dolorcito que pasa al toque, casi no se siente —añade, con voz dulce.

Mercedes abre mucho los ojos, asustada.

—¿Me va a poner anestesia? —pregunta.

—Sí, claro, así no sientes nada —responde la dentista con una sonrisa, achinando los ojos tras unas gafas gruesas.

—¿Con inyección? —pregunta Mercedes.

—Sí, con esta inyección —responde la dentista, y le muestra la aguja.

Aterrada, Mercedes mira la aguja y dice:

—Ahorita vuelvo, voy al baño.

Sale del cuarto y la veo caminar resueltamente hacia la puerta del consultorio. Cuando abre la puerta, comprendo que no irá al baño. Voy detrás de ella. Ahora está en la calle, corriendo. Yo corro detrás de ella.

—¡Mercedes, no corras, regresa! —grito.

Pero ella, gorda, vieja y cansada como está, corre malamente y grita:

—¡Ni loca, joven! ¡Ni loca!

Como corre con dificultad, me acerco a ella de prisa, la tomo del brazo y la detengo con cariño.

—¿Qué te pasa? —digo, riendo—. ¿Por qué corres así, como una loca?

—La loca es esa gringa bruja —responde, con cara de pánico—. Ni hablar dejo que me clave con esa inyección de caballo, joven.

Me río, mientras ella respira agitadamente, y veo que más allá, en la puerta del consultorio, se asoma preocupada la secretaria, sin entender nada.

—No sabía que tenías tanto miedo a las inyecciones —digo.

—Me desmayo, joven —dice ella, jadeando—. Me desmayo como pollo.

—Bueno, todo bien, si no quieres que te atienda Wendy, nos vamos, no te voy a obligar a nada.

—Sí, joven, mejor vamos.

Caminamos de vuelta al consultorio.

—¿Pero estás dispuesta entonces a ir a ver a tu mamá así, con los dientes feos? —le recuerdo.

Mercedes mueve la cabezota resueltamente.

—Ah, no, eso ni hablar —responde—. Así no puedo ir a a ver a mi viejita, joven. Se reiría de mí.

—Estás más loca que una cabra —digo.

Entramos al consultorio, me disculpo con la secretaria y le explico el problema a Wendy, quien luego habla a solas con Mercedes y, no sé cómo, consigue calmarla y convencerla de que confíe en ella. Sorprendentemente, y sin decirme nada, ahora Mercedes está echada en la camilla y me mira con pánico, pero ya resignada. Cuando Wendy le clava la aguja, Mercedes mueve una pierna violentamente y, sin querer, le da una patada en la barriga a una enfermera menuda y narigona, que emite un quejido y se dobla, pero luego se incopora. Mercedes alcanza a disculparse:

—Perdón, doctora, fue un reflejo —le dice.

Wendy se ríe, le aplica la anestesia y me pide que espere afuera.

—Cierra los ojos y piensa que te vas a ver más linda que nunca —susurro en el oído de Mercedes, y luego salgo del cuarto y me siento en la sala de espera a hojear las revistas.

—Va a demorar —me dice la secretaria—. Mejor vuelva en dos horas.

Me voy a comer algo a un restaurante cercano. Extrañamente, ha salido el sol. Cuando regreso, Mercedes me espera en la puerta, con una gran sonrisa. Le han puesto una dentadura postiza. Sus dientes lucen blancos, parejos, perfectos. Sonríe extasiada, como una niña.

—Mire, joven —dice, abriendo la boca, forzando una sonrisa—. ¿Qué tal? —pregunta, orgullosa.

—Increíble —digo—. Te han quedado perfectos. Parecen de verdad.

—Son de verdad —me corrige ella.

—Claro, claro —digo, sorprendido.

—Son dientes nuevos, joven. No se caen nunca. No les salen caries ni picaduras ni nada. Y son de verdad, así dice la gringa doctora.

—Genial —le digo, encantado—. Te felicito. Estás más linda que nunca.

Nos damos un abrazo y subimos al auto. Mercedes se mira en el espejo y dice:

—Se pasó de bueno, joven. Ahora sí podemos ir a ver a mi vieja con toditos los dientes completos.

Sonrío, enciendo el motor y, cuando estoy retrocediendo, escucho la voz de la secretaria:

—No se olvide de pagar, si fuera tan amable.

22

En los años que llevo viviendo a solas, he desarrollado considerable aprecio por las hormigas y una cierta tolerancia por las arañas, pero cuando veo un mosquito volando cerca de mí, amenazándome, porfiando por succionar mi sangre, entro en un trance paranoico, pierdo la calma y no descanso hasta matarlo. Aunque en Lima no abundan los mosquitos como en otras ciudades más cálidas que he visitado, en esta época aparecen con alguna frecuencia y, a pesar de mis cuidados y prevenciones, se meten en la casa, lo que me provoca un considerable desasosiego. Hoy, al llegar a la casa, ha entrado un mosquito detrás de mí y de inmediato me he sentido irritado, furioso, dispuesto a matarlo de cualquier modo aunque tuviese que pasar horas cazándolo. No puedo ocuparme de mis asuntos cuando sé que un mosquito me acecha, se pasea por mi casa y se dispone a picarme. La sola idea de que ese intruso sobrevuela mi espacio con intenciones de atacarme enciende en mí un extraño celo depredador. Prendo todas las luces, me hago de una linterna, llevo en la mano un aerosol para dispararle apenas lo vea y recorro la casa como un poseso, buscándolo, escudriñando las paredes y los techos, observando atentamente a mi alrededor, invitándolo a atacarme para entonces destruirlo. Para mi desgracia, este mosquito ha resultado más astuto y evasivo que otros. Lo he perseguido más de una hora sin poder aniquilarlo. Se mueve con rapidez, no se detiene en las paredes y, cuando lo tengo cerca, hace unas cabriolas en el aire y desaparece de mi vista, aprovechando la luz tenue de la tarde. He tratado de ignorarlo y me he sentado a escribir, pero ha sido en vano. Lo he visto volar cerca y, cuando pensaba que lo tenía al alcance para dispararle el aerosol, se me ha perdido de nuevo. En un instante de distracción, he encendido el televisor para ver las noticias, que anunciaban el triunfo de un político odioso. En esos pocos segundos en que me he permitido una tregua, el mosquito me ha picado en un brazo. Enfurecido, he redoblado mis esfuerzos para acabar con él. Media hora después, a punto de enloquecer, lo he visto posarse sobre una pared. Sin vacilar, he tomado una revista y aplastado a mi enemigo.

—Hijo de puta —he dicho, al ver la mancha de sangre en la pared y comprobar que lo había matado.

23

Estamos listos para partir. Nos esperan nueve o diez horas en la carretera rumbo al norte. Para hacer el viaje más descansado, dormiremos en un hotel a mitad de camino, al que, si no sufrimos contratiempos, llegaremos antes de que anochezca. Mi camioneta está en buenas condiciones porque acabo de recogerla del taller, donde le han hecho un afinamiento completo. Me da miedo manejar por las carreteras de este país, donde hay tantos choferes borrachos que ocasionan accidentes mortales. Mercedes, que ha llegado temprano, con los dientes radiantes, también parece temerosa, pero no de los peligros del viaje, sino de reunirse con su madre, a quien no ve hace más de cuarenta años:

—No sé si es buena idea esta locura suya, joven —dice, ayudándome a subir las maletas a la camioneta—. Después se va a cansar de la manejada y se va a arrepentir y me va a echar todita la culpa y me va a botar en el camino.

—No digas tonterías —digo—. Tu mamá va a estar feliz de verte.

—No creo —se queja—. Ni me va a reconocer. Me va a mirar como si nada, joven. ¿Qué sabrá usted?

—Ya, no seas pesimista, sube, que nos vamos aunque no quieras.

—Terco es, joven. Terco como una mula. Mire que yo le dije. Después no se queje.

Cierro la puerta de la casa, dejando el televisor y la radio encendidos para dar la impresión de que hay alguien dentro y despistar a los ladrones y, cuando me acerco a la camioneta, veo que Mercedes se ha sentado en el asiento trasero y me mira con cara compungida.

—¿Qué haces allí? —digo, sorprendido.

—¿No me dijo que suba? —responde.

—Sí, claro, pero no atrás.

—¿Adónde, entonces?

—Adelante. ¿Adónde más?

Mercedes me mira muy seria y pregunta:

—¿Adelante?

—Claro, pásate adelante, ¿cómo se te ocurre que vas a ir atrás?

—No, joven, adelante no —dice, con firmeza.

—¿Por qué no? —pregunto, sin entender.

—Porque así me han enseñado —responde.

—¿Qué te han enseñado, Mercedes?

—Que una por ser chola va atrás, nunca adelante con el patrón.

Me río y ella me mira con el ceño fruncido, como ofendida, y dice:

—¿Qué? ¿Qué se ríe, joven?

—¿Quién te enseñó esa estupidez?

—La señora Luz Clarita.

—La vieja borracha esa, dirás. Qué hija de puta la vieja, ¿eso te dijo?

—Joven, no sea lisuriento, lávese la boca con lejía.

—Con qué cara te llama chola y te obliga a ir atrás, ni que ella fuese escandinava.

—Escaldada era la señora Luz Clarita, todo el día se andaba quejando.

—Pásate adelante, Mercedes. Si te quedas atrás, se cancela el viaje.

—Uy, se puso fosforito el joven —comenta ella, risueña—. Ya, no sea terco, déjeme ir atrás, que me da miedo adelante, toda mi vida he ido atrás.

—Bueno, toda tu vida has ido atrás, pero ahora te toca ir adelante.

—No, joven. ¿No ve que soy chola?

—¿Y qué?

—Y no podemos ir juntos blanco y cholo adelante, así nomás.

—Sí podemos. Claro que podemos. Todo lo que te enseñó la vieja borracha no sirve para nada. Olvídate de esas huevadas, Mercedes. Ya, ven adelante, no jodas.

—Joven, no se pase, parece camionero.

Abro la puerta y señalo con cariño el asiento delantero. Mercedes baja lentamente, dudando, como haciéndome un favor, y se resigna a sentarse en el asiento delantero. Cierro la puerta detrás de ella. Apenas enciendo la camioneta, ella dice:

—Acá me voy a marear, joven. Adelante se ve todita la pista.

—No te preocupes, tontita. Ponte el cinturón.

Mercedes jala el cinturón de seguridad e intenta ajustarlo, pero no lo consigue.

—No da, joven. No llega. Muy gorda estoy.

Bajo del auto, abro la puerta de su lado y la ayudo con el cinturón. No tengo éxito. Efectivamente, está demasiado gorda y el cinturón le queda corto. Nos reímos.

—Bueno, yo tampoco me pongo cinturón —digo, al volver a mi asiento.

—Mejor —dice ella—. No le conviene, joven. Va a viajar muy apretado y se le va a mover el estómago a medio camino.

Me río. La miro. Ella sonríe. Después de todo, parece contenta.

—Bueno, Mercedes, vamos a ver a tu madre —digo, y pongo en marcha la camioneta.

Mercedes cierra los ojos, se persigna y susurra unos rezos que no entiendo.

—¿Qué haces? —pregunto.

—Le rezo a la Sarita Colonia para que nos espante a los borrachos de la carretera —dice, muy seria.

24

El paisaje a ambos lados de la carretera es seco y arenoso, un largo desierto sólo a veces interrumpido por alguna gasolinera o un pueblo desolado. Hace calor, pero no llega a molestar. Mercedes va callada, atenta al camino, con un cierto sobresalto contenido, y cada tanto me pide que baje la velocidad, que no vaya tan rápido. He puesto un disco de Shakira que me encanta, pero ella me ha pedido que lo quite:

—Cuando voy en carro, la música me marea.

Llevo al lado una botella de agua. Bebo compulsivamente, con una sed insaciable. Por eso me detengo a un lado del camino y, dando la espalda a los autos que pasan silbando, cubriéndome en parte con la camioneta, orino de pie sobre la delgada arena del norte de la ciudad, donde no llueve jamás y los borrachos hunden sus vehículos en el mar legendario de Pasamayo.

—¡Meón! —me grita un tipo, al pasar.

—¡La concha de tu hermana! —digo, después de reponerme del susto.

Cuando vuelvo a la camioneta, Mercedes me reprende:

—Pero, joven, usted anda todo el día haciendo pipí, parece bebito, hay que ponerle pañal.

—Es que tomo mucha agua —me defiendo.

—Al menos toma agua y no ron puro, como la señora Luz Clarita, que igual andaba meando todo el día —comenta ella, de buen ánimo.

Reanudamos el viaje en silencio. Mercedes asoma la cara por la ventanilla para que le dé el viento, como hacen los perros cuando los llevan en auto. Me hace gracia verla así. La observo sin decir nada. De pronto, ella me mira fijamente y pregunta:

—Y usted, joven, ¿tiene mamá?

Me quedo sorprendido, sin saber qué decir.

—Sí, claro —respondo.

—¿Y? —pregunta Mercedes.

—¿Y qué? —digo yo.

—¿Cómo es que nunca la ve?

Dudo si decirle la verdad o una mentira que resulte menos embarazosa.

—Bueno, estamos medio peleados —digo.

—Es que usted, joven, es bien raro —dice ella.

—¿Te parece?

—Claro, pues. Todo el día está solo en su casa, no sale, no ve a nadie. Bien rarísimo es usted, joven.

No digo nada y la miro con una sonrisa.

—¿Y dónde vive su mamá? —pregunta ella.

—En Lima.

—¿Y por qué están peleados, joven?

—Mejor no te cuento, Mercedes. Es una historia larga que no me gusta recordar.

—Pero ¿quién lo entiende a usted, joven?

—¿Por qué?

—Porque usted quiere que yo la perdone a mi viejita, pero usted no ve a su viejita.

Me quedo callado.

—¿Hace cuánto que no la ve?

—Hace mucho.

—¿Mucho, mucho? ¿Como yo a mi viejita, más o menos?

Me río.

—No, tampoco tanto —digo—. Debe ser hace diez años que no nos vemos, algo así.

—Bastante —dice Mercedes.

—Sí, bastante.

—¿Y por qué fue que se pelearon? Cuénteme, pues, no se haga el estrecho.

Me hace reír esa expresión que ha usado despreocupadamente: «No se haga el estrecho.»

—Nos peleamos por cosas de plata —digo.

Mercedes se queda seria, pensativa.

—Por plata —dice—. Es gracioso, pero ustedes, los ricos, siempre andan peleándose por plata. Tienen plata, pero igual se pelean. Nosotros los pobres no nos peleamos por plata porque no tenemos, pues.

Se ríe y yo me río con ella.

—Pero si no tiene cómo pagarle a su viejita, aunque

sea vaya a visitarla con una torta y va a ver cómo le perdona la deuda —dice.

—Buena idea —digo.

—¿Mucho le debe, joven?

—Bueno, sí, más o menos —miento.

—Es que las viejas, cuando se ponen viejas, se vuelven más tacañas —dice ella—. No sabe lo tacaña que era conmigo la señora Luz Clarita. Nunca me quería pagar mi sueldo. Me hacía rogarle de rodillas, y de a poquitos me pagaba, le gustaba hacerme sufrir.

Nos quedamos en silencio.

—Debería ir a ver a su mamacita, joven —dice Mercedes—. Junte toda la plata que pueda y páguele aunque sea una parte.

—Gracias, buen consejo, te haré caso —me hago el tonto.

—De nada, joven.

25

Nos hemos detenido a comer algo en un restaurante al lado de una gasolinera. Mercedes y yo hemos pedido lo mismo, un pan con queso y jamón. Para beber, ella pidió una coca-cola con hielo y yo una limonada. Hay muchas moscas, y la mesa está sucia. Suena una canción romántica de moda. Tengo sueño. Bostezo.

—Ya ve, joven, ya está arrepintiéndose de haber venido —dice ella, sonriendo.

—No, pero estoy cansado, me desperté muy temprano.

—¿A qué hora se despertó?

—A las diez.

—Ya se pasa de dormilón, joven.

Miro al camarero con gesto adusto y le pido que se apure, que tenemos hambre. Es un joven obeso que está llenando el crucigrama de un periódico popular con abundantes fotos de mujeres mostrando las nalgas. Se dirige a la cocina con paso displicente y grita:

—¡Ya, pues, Cara de Olla, apúrate, que el cliente está con filo!

Poco después se acerca con los platos y los deja en la mesa. Me apuro en darle un buen mordisco a mi sánguche. Está caliente y chicloso. El queso debe estar pasado, pero no me importa. Mercedes no toca su pan y me mira con mala cara.

—Come —le digo.

—No se come sin rezar, joven —me reprende.

—Ah, perdón —digo, y dejo mi sánguche.

Mercedes cierra los ojos y dice con solemnidad:

—Sarita Colonia, santita justiciera, limpia mi comida y mátame los microbios, también cuídame la vida y espántame los novios.

Luego se persigna, abre los ojos y empieza a comer. Yo me río.

—No se ría de la santita, joven, que le va a malograr la comida y le va a dar la bicicleta todo el camino —me advierte ella.

—¿Y por qué le pides que te espante los novios? —pregunto, intrigado.

—Ay, no sé, yo rezo lo que me enseñaron de chiquita —se defiende ella.

—¿Quién te enseñó a rezar eso?

Se queda pensativa y responde:

—No me acuerdo bien.

Luego añade:

—Pero casi seguro que fue mi viejita.

26

Después de manejar cinco horas, empieza a oscurecer. No me gusta manejar de noche, y menos en estas pistas peligrosas. Decido pasar la noche en el hotel de un pueblo modesto al pie de la carretera. Me registro, pago en efectivo porque no aceptan tarjetas de crédito y me dan la llave de una habitación en el segundo piso. Mercedes me mira con cierta aprensión. Apenas entramos al cuarto, le digo:

—Bueno, tú duermes en esa cama.

Dejo mi bolso sobre la otra cama y paso al baño a lavarme las manos. Cuando salgo, Mercedes sigue de pie, inmóvil, con cara de susto.

—¿Pero qué te pasa? —le pregunto.

Está pálida y me mira con miedo.

—No entiendo nada, joven —dice.

—¿Qué no entiendes?

—¿Usted dice que yo voy a dormir en esta cama?

—Sí, claro.

—¿Y usted va a dormir en la otra cama?

—Sí. ¿Por qué? ¿Quieres que cambiemos de cama?

Mueve la cabeza, preocupada, como si algo la perturbase.

—No, no, no, joven —dice—. No se puede así.

—¿Qué no se puede?

—No puedo dormir acá, en su cuarto.

—¿Por qué?

—Porque no se puede, joven. No se puede nomás le digo.

—¿Te da vergüenza? ¿Te incomoda?

—No. Pero yo soy chola, joven.

—¿Y qué?

—Y usted es mi patrón.

—No digas tonterías, Mercedes. No soy tu patrón. Soy tu amigo.

—No diga, joven, no diga. Usted es mi patrón y la chola jamás duerme con su patrón. ¡Jamás, joven! ¡Jamás!

Ahora me mira altiva, desafiante, y levanta la voz:

—Yo no soy de esas cholitas sabidas que se acuestan con su patrón, joven. Por Sarita Colonia le digo: ¡Yo soy chola, pero tengo moral!

Me recuesto en la cama sin poder creer lo que acabo de oír. No sé qué decirle para calmarla.

—Perdona, Mercedes, no pensé que lo tomarías así —digo, con una mirada afectuosa—. Te juro que sólo vamos a dormir y no voy a hacer absolutamente nada que pueda incomodarte. Te lo juro.

Ella me mira muy seria, de pie, sin moverse, como poniéndome en mi lugar. No dice una palabra.

—Pero si prefieres, pido una habitación para ti solita, si eso te hace sentir más cómoda.

Ella permanece en silencio, con una mirada indescifrable.

—Yo tomé un cuarto para los dos porque pensé que así nos ahorrábamos una platita y no me imaginé que te molestaría tanto —digo.

Mercedes habla por fin:

—Yo en usted confío, joven. Sé que es bueno. Es blanco, pero es bueno.

—Gracias —digo.

—Pero no es eso —continúa—. Es que una, como chola, debe cuidar su nombre.

—Claro —digo, perplejo.

—¿Qué va a pensar el cholito de la recepción? ¿Qué se va a imaginar de nosotros, joven? No piensa, usted. No se da cuenta. Muy mañosa y malpensada es la gente. Por eso le digo.

—Te entiendo, Mercedes. Bueno, entonces voy a bajar y pagar por un cuarto sólo para ti, ¿te parece?

—No sé, joven. Tampoco. No quiero que gaste su plata en mí.

Me quedo en silencio, sin entender nada.

—Ya bastante está gastando en todito este viaje —continúa ella.

—Mercedes, no te preocupes, podemos dormir acá, no va a pasar nada, yo no haría nada que pudiera incomodarte, puedes confiar en mí.

Ella me mira con una sonrisa.

—Yo sé, joven, yo sé que usted es bueno y considerado —dice—. Pero el cholo de abajo, ¿qué va a pensar? ¿Que soy una chola puta?

Luego suelta una carcajada y se tapa la boca con una mano, avergonzada de haber dicho eso. Añade, como para sí misma:

—Sarita, santita, lávame la boca con lejía, y también lávame la otra mejía.

—Que piense lo que quiera —digo—. Al diablo con lo que piense.

Mercedes levanta el colchón de su cama y lo tira en el piso, cerca del baño y más lejos de mi cama.

—Bueno, acá duermo yo —anuncia.

—¿Estás loca? —me sorprendo—. ¿En el piso?

—Así mismito, joven. Mucho más rico dormir en el piso. Hace bien a la columna. Y así usted no me ve.

Me río.

—Pero yo no voy a estar mirándote, tontita.

—Eso dice, eso dice. Pero después, cuando está todo oscurito, nunca se sabe, joven —dice ella, y yo sigo riéndome.

27

Faltaban cinco minutos para las diez de la noche. Andrea estaba por cerrar la librería cuando se acercó un cliente que le preguntó:

—¿Tienes algún libro que enseñe a una dama a hacer sexo oral?

Andrea se quedó en silencio unos segundos y, algo abochornada, respondió:

—No, sexo oral, no. Pero tenemos uno que se llama *Cómo hacerle el amor a un hombre*. Tal vez allí encuentre algún capítulo sobre el tema que le pueda servir.

Diego, un empleado de la librería, interrumpió para decir:

—Pero, señor, para eso no necesita a una dama...

El cliente se llevó el libro *Cómo hacerle el amor a un hombre.* Cuando se dispuso a pagarlo, se lo entregó al cajero, quien, levantando la voz con la clara intención de que lo escuchasen los otros clientes que esperaban detrás, le dijo:

—*Cómo hacerle el amor a un hombre.* ¿Es para usted, señor, o se lo envuelvo para regalo?

28

Es tarde, pasada la medianoche. Mercedes está echada en su colchón sobre el piso, los ojazos grandes, de lechuza, clavados en el techo. Tiene puesta la misma ropa con la que ha viajado. Entrecruza los brazos a la altura del pecho y no se mueve. Yo doy vueltas en la cama y no consigo dormir. La comida del hotel me ha caído pesada y tengo que ir al baño cada tanto, lo que me da vergüenza, porque Mercedes está muy cerca.

—Le dije, joven —me dice ella, cuando salgo del baño—. Le dio la bicicleta por reírse de mi santita justiciera.

Me echo en la cama y me quedo en silencio, escuchando el paso de los carros por la autopista y el ladrido de unos perros que andan por la calle. La cama es dura y angosta, las sábanas son ásperas y la manta que me cubre es demasiado gruesa y por eso la tiro al piso.

—Hace calor —me quejo, y Mercedes asiente.

—¿Nunca te casaste, joven? —pregunta ella, tras un silencio.

—No, nunca —digo.

—¿Por qué? ¿Nunca te templaste?

—Sí, claro que me enamoré —respondo—. Pero siempre me ha gustado dormir solo.

—Por dormilón —me interrumpe ella.

—Y creo que, si me caso con alguien, se jodería el amor.

—Joven, no seas lisuriento, la Sarita escucha todo lo que hablas.

Noto que Mercedes empieza a tratarme de tú y eso me hace gracia.

—Y a la señorita Andrea, ¿la quiere o es así nomás un plancito, como quien dice?

Me río de la pregunta y disfruto de estar hablando con ella de estas cosas.

—La quiero —digo—. Es muy buena conmigo. Pero no quiero casarme con ella. No quiero vivir con ella.

—Bien fregado es usted también.

—Prefiero seguir viviendo solo.

Mercedes suspira.

—¿Pero no le gustaría tener un calato? —pregunta.

—¿Un hijo, dices?

—Claro, su calatito, su cachorrito, para que cuando sea viejo alguien lo cuide, joven. Si no, ¿quién lo va a cuidar? Porque yo, le digo, ya no voy a estar para limpiarle todita la casa.

Me quedo en silencio. Sí, a veces tengo ganas de tener un hijo, pero soy muy cobarde y me da miedo.

—No sé —digo—. Tiempo al tiempo.

Mercedes se queda callada. No se mueve. Mira al techo. Respira profundamente y tiene los ojos muy abiertos.

—¿Y tú alguna vez has tenido un novio? —me animo a preguntarle.

Ella suelta una risotada nerviosa.

—Ay, joven, qué cosas preguntas —dice.

—¿Nunca has estado enamorada? —insisto.

Se demora en confesar, como si le diera vergüenza:

—Una vez —admite—. Sólo una vez. Después, nunca más.

—¿Y qué pasó? ¿Fue bonito? ¿Tienes buenos recuerdos?

—Ya casi no me acuerdo nada, joven.

—No te creo.

—Era el chofer de la casa de al lado. En la época que yo trabajaba todavía para la familia del coronel. El coronel Del Orto que me compró a mi viejita. Pero, bueno, yo ya había crecido, ya me había desarrollado, pues.

—Claro.

—Ya tenía como veintidós, veintitrés. Chiquilla todavía era.

—Chiquilla, sí.

—Y al lado de la casa vivía este sabido de Filomeno.

—El chofer.

—El chofer, joven. Un zambito bien bromista, bien gracioso. Todo el día paraba atrás de mí. Todo el día, le digo.

—Y te enamoraste.

—Tanto me insistió, joven. Tanto. Y como teníamos el mismo día de franco, el domingo, salíamos juntos, íbamos al parque de Miraflores, al malecón a ver el mar.

—¿Lo querías?

—Para qué le voy a mentir, joven. Al comienzo lo quería al mentiroso ese de Filomeno.

—¿Te mintió?

—Todito me mintió. ¡Todito! ¡Puras mentiras me dijo!

—¿Qué te decía?

—Que era soltero, que quería casarse conmigo, que me amaba fuerte, fuerte. Cosas así. Y yo, bien tonta también, todito le creía, joven. ¡Todito le creía!

—¿Y se casaron?

—No, la Sarita justiciera me salvó, la niña bendita me ayudó, joven.

—¿Cómo así?

—Bueno, un día estábamos en el parque comiendo barquillo y de repente viene una chola gordita con dos mocosos y le dice al Filomeno: «Oe, cholo mañoso, ¿qué haces acá con esta gordita resabida morboseándote en el parque cuando estamos con hambre en tu casa porque no traes el pan para tus hijos, malparido?» Perdone que así le hable, joven, pero así mismito habló la chola esa, que estaba fúrica, fúrica, hecha un pichín.

—¿Era la esposa?

—La esposa, pues. La esposa con los calatos, joven. Dos calatos tenía con ella.

—¿Y él te había dicho que era soltero?

—Claro, así mismito, soltero. Tremendo cholo mentiroso. Y yo, una burra, que todo le creía.

—¿Y ahí terminó la historia con Filomeno?

Mercedes se ríe y me mira desde su colchón en el piso.

—Bueno fuera, joven. Bueno fuera. Yo, de tonta que soy, le acepté sus disculpas y lo seguía viendo, pero como amigos nomás. Pero igual a veces me llevaba al parque, a comer unas salchipapas, a fumar un cigarrito, así paseítos bien inocentes, joven. Yo le perdoné que tuviera su señora y su familia. Al menos lo consideraba mi amigo.

—Hiciste bien.

—Pero otro día pasó una cosa bien horrible, y ahí sí que se terminó todo con el Filomeno, ya ni más lo perdoné.

—¿Qué pasó?

—Vino borracho, se zampó borracho a la casa del coronel Del Orto.

—¿Estando el coronel?

—No, se habían ido de viaje a la sierra, yo solita estaba en la casa. Y el Filomeno se metió por la pared, saltó la pared y vino a buscarme zampado, zampado, se caía de borracho.

—¿Qué quería?

Mercedes se ríe, nerviosa.

—¿Qué cree, joven? Propasarse, pues. Quería propasarse el mañoso ese de Filomeno.

—Ah, caramba.

—Y se metió a mi cuarto y me quiso abusar, joven. Estaba borracho que apestaba a trago y me quiso abusar, se quiso propasar conmigo, el zambo ese desgraciado.

—Pobre Mercedes. ¿Y qué hiciste?

—¿Qué más, pues, joven? ¿Qué más iba a hacer? Me defendí como pude, le pegué, lo arañé, le tiré con una escoba, pero igual el zambo bien malo me propasó.

Me quedo en silencio.

—Pobre —digo.

—Así son los cholos, todos borrachos y mañosos —dice ella.

—¿Llegó a violarte?

—Así como le digo, joven. Me propasó. Después se quedó ahí privado, dormido, roncando como foca, el zambo borracho.

—Desgraciado.

—Pero no crea que ahí terminó la cosa, joven. Porque yo, cuando regresó el coronel, le conté todito. Le dije que el Filomeno se metió borracho y me abusó, me propasó. Porque el coronel tacaño era, borracho era, abusivo con la señora era, porque le pegaba con un fuete en el poto, pero al menos conmigo era bien correcto y nunca me propasó ni nada de esas mañoserías, joven. Siempre fue bien correcto, bien cristiano, el coronel Del Orto. Tenía un aliento a chancho de corral, eso sí, pero correcto era.

—¿Y qué hizo el coronel con Filomeno?

—Preso lo metió, pues. ¿Qué más? Lo mandó preso diez años por ratero y violador de menores.

—¿Pero tú eras menor?

—No, ya tenía veintitrés, no le digo. Pero da igual, pues, el coronel dijo que yo era menor, y así mismito lo mandaron preso al Filomeno. ¿Y sabe qué pasó?

—No.

—Que ahí cuando fue preso el zambo, ahí nos vinimos a enterar que tenía tres señoras y con las tres tenía cachorritos. ¡Imagínese, joven! Por todos lados andaba propasándose el Filomeno. ¡Suerte que a mí no me hizo un hijo! ¡Suerte que la Sarita me protegió! Porque si Filomeno me dejaba preñada, ahí sí que me fregaba para siempre, joven. Y no por tener un hijo sin padre, le digo, sino por tener un hijo zambo, eso mi viejita no me lo hubiera perdonado jamás de los jamases.

Me río, y Mercedes se ríe conmigo.

—Y después, ¿nunca más estuviste con un hombre?

—No, joven, nunca, nunca más. Así nomás fue. Debut y despedida, como se dice.

—Pobre.

—No, pobre no. Lechera, joven. Lechera. Los hombres sólo traen desgracias, le digo. Mucho mejor sola. Mucho mejor.

—Sí, tienes razón.

—Bueno, hasta mañana, joven.

—Hasta mañana, Mercedes. Te quiero mucho.

Silencio.

Y de repente, un ángel duerme a mi lado.

29

Despierto sobresaltado de madrugada. Tenía una pesadilla. Me ahogaba en un mar lleno de malaguas que se enredaban en mi cuerpo y me tapaban la boca y la nariz. Me hundía en unas aguas oscuras, tenebrosas. Respiro agitado. Tengo los pies fríos. Miro a Mercedes. Está durmiendo. Al dormir, hace un ruido extraño, como si estuviera llorando. Me acerco sigilosamente a ella. De pie frente a su colchón, la observo. Es cierto: está llorando dormida.

30

Ahora sueño que estoy en la playa. Me quema el sol. Me arde la piel. No me he puesto protector de sol. Me estoy calcinando. No tengo cómo esconderme del sol. No hay una sombrilla, un lugar techado, ninguna forma de guarecerse de la inclemencia del sol que me está abrasando. Me meto al agua para refrescarme. Cuando salgo, todo el cuerpo me arde de un modo insoportable. Grito, desesperado. Veo mis brazos y la piel se deshace del calor. Es un horror. De pronto siento un golpe frío que me estremece. Despierto bruscamente. Mercedes me mira al pie de la cama, con un vaso en la mano. Me ha echado agua fría en la cara.

—Pero ¿qué haces? —pregunto, furioso.

—Tenía que hacerlo, joven —se disculpa ella—. Le pido perdón, pero tenía que hacerlo.

—Pero ¿cómo se te ocurre mojarme así? —digo, poniéndome de pie.

—Lo hice por su bien, joven —dice ella—. Usted estaba sufriendo, se notaba clarito por sus ruiditos que algo bien horrible estaba soñando.

Me quedo de pie, con la cara mojada, mirándola, sin entender nada.

—Me di cuenta que el Maluco lo estaba fregando feo, joven —continúa ella—. Por eso le eché el agua fresca, así lo espanté al Maluco, rapidito se fue.

—¿Quién es el Maluco? —pregunto.

—El mismito diablo —responde ella—. El que se le

había metido adentro, joven. No sabe cómo se quejaba usted dormidito. Bien feo se movía. Parecía que el Maluco le estaba comiendo la tripa, joven.

—Ay, Mercedes, estás más loca que una cabra.

—Vaya a bañarse, joven, que así se purifica todito.

Enciendo el televisor. Mercedes se sienta en mi cama y se queda viendo las noticias. Entro al baño y me meto en la ducha, pero no hay agua caliente.

—Maluco hijo de puta —digo.

31

Después de desayunar, pasamos por la recepción para pagar la cuenta.

—¿Consumió algo del minibar? —pregunta una señorita uniformada, con anteojos.

—No, porque no hay minibar —respondo.

La señorita me mira, enfadada:

—Sí hay, señor —dice secamente.

—No hay —digo—. Lo busqué anoche y no lo encontré.

—Está en el closer, señor —dice ella, muy segura.

—¿Dónde? —pregunto.

—En el closer —repite ella.

—En el closer, joven —se suma Mercedes.

—Ah, bueno —me resigno—. No lo vi en el closet.

—¿Quiere que subamos y se lo enseño, señor? —se ofrece la señorita.

—No, no, por favor, no —declino.

Luego pago la cuenta y saco de un jarrón dos caramelos de chicha morada.

—¿Estuvieron a gusto en nuestras instalaciones? —pregunta la señorita.

—Muy cómodos —respondo.

—Muy sumamente cómodos —añade Mercedes.

—¿Está de luna de miel, la parejita? —pregunta la señorita, haciendo un mohín de complicidad.

—¿Cómo? —pregunto, sorprendido.

—¿Una escapada romántica? —pregunta ella.

Miro a Mercedes y ella me devuelve una mirada vacía, perdida.

—Sí —respondo—. Acabamos de casarnos. Estamos de luna de miel.

—Ay, qué lindo —dice la señorita, y suspira.

Mercedes me mira, alarmada.

—Vamos, amor —le digo, y la tomo del brazo.

—Joven, ¿está borracho? —me dice ella.

—Se los ve tan enamorados —dice la señorita.

—Muy locamente enamorados —digo.

—Mejor nos volvemos a Lima —dice Mercedes, asustada.

—Vamos, gordita —le digo, y le doy un beso en la mejilla, y la tomo de la mano.

Salimos del hotel caminando de la mano. Llegando a la camioneta, Mercedes me da una bofetada.

—¡No se propase, joven! —me grita—. ¡Soy chola, pero tengo moral!

Me río y la abrazo, y le digo que todo es una broma, pero ella se molesta conmigo y me dice que con el amor no se juega.

—No me vaya a hacer esas bromas delante de mi viejita, joven, que ahí sí que me desmayo —me advierte ella.

—Esta tarde estaremos con tu mamá —le digo, y enciendo la camioneta.

—Segurito que es otra broma suya, joven —dice, y le brillan los ojos de ilusión.

—¿Te gustó ser mi esposa un ratito, Mercedes?

—Ya, joven, cállese —dice, sonriendo—. No se juega con esas cosas. Ya le digo que soy chola, pero tengo moral.

—¿Qué tal si llegamos a la casa de tu mamá y le decimos que nos hemos casado?

—¡Joven! —grita, fingiendo una cierta indignación, pero luego se ríe—. Bien bandido es usted, ¿no?

—Tremendo.

—Por eso, pues, no tiene señora. Por eso anda solo. Muy picaflor es usted, joven.

—Será, Mercedes.

—Será.

32

Conduzco de prisa. Hace calor. Sólo hay un mismo desierto repetido que nos acompaña a ambos lados de la autopista. Me pregunto si habrá sido una locura emprender este viaje. Mercedes duerme a mi lado con la boca abierta. Ronca. Enciendo la música a un volumen bajo. Mercedes sigue durmiendo. Clapton canta esa canción hermosa y triste que compuso cuando su hijo cayó de un edificio. Me emociono. Siempre que la escucho, me emociono. Yo pude haber sido padre. Ahora mismo podría tener un hijo. Tendría diecinueve años. Creo que hubiera sido un hombre. Nunca lo sabré. Cuando mi novia quedó embarazada, le pedí que abortase. Se llamaba Daniela. Era una buena mujer. Me quería. Pero éramos muy jóvenes y nos parecía una locura tener un hijo. Ella tenía más ganas que yo de tenerlo. Si la hubiese animado, creo que hubiera tenido el bebé. Pero yo, cobarde, le rogué que abortase. Insistí mucho en que no quería ser padre a esa edad tan temprana. Yo tenía veintiséis y ella apenas veintidós. Daniela lloró mucho. Me pidió que no la obligase a abortar. Yo fui un canalla. Le tendí una emboscada: hice una cita en una clínica, la llevé una mañana muy temprano y no le dejé alternativa. Ella abortó por amor a mí o por miedo a mí o por miedo al futuro. No quería abortar, pero tampoco tuvo coraje para pelear contra mí. Fui más fuerte y la doblegué. No olvidaré su rostro desolado cuando volvimos de la clínica, se echó en mi cama y rompió a llorar. Fue un momento atroz. Sentí que algo en ella se había destruido para siempre, que nunca volvería a ser la misma persona. Supe también que nuestro amor había terminado. Nunca me perdonó que la hiciera abortar. En aquellos días tremendos, me revelé ante ella como lo que soy, un hombre terriblemente egoísta. A la semana siguiente, me dijo que no quería verme más. Poco tiempo después se fue del país. Nunca más la vi. No sé dónde vive. Ni siquiera sé si está viva. Estoy seguro de que nunca me perdonará. En cierto modo, yo tampoco me perdonaré por haber sido tan cobarde. Debimos haber tenido ese hijo.

33

—

No sé si me gustaría tener un hijo con Andrea. Le tengo mucho cariño, pero no quisiera atar mi vida a la de nadie. Lo que más aprecio de vivir solo es que no tengo que rendir cuenta de mis actos a nadie. Andrea me ha dicho en varias ocasiones que le gustaría tener un hijo conmigo, pero yo me hago el tonto y cambio de tema. No quiero volver a embarazar accidentalmente a una mujer. Es una sensación atroz, de estupidez e impotencia. De pronto, tu vida está en manos de otra persona y tu futuro ha dejado de pertenecerte. No quiero tener un hijo. Debí haber sido padre del bebé que Daniela abortó. Ahora ya es tarde. Andrea dice que está dispuesta a tener un hijo conmigo sin casarnos, sin vivir juntos, pero yo creo que eso es imposible. Si tenemos un hijo, estaré perdido como escritor. Tengo la certeza de que no podré escribir una línea más el día en que una mujer me dé un hijo y descargue sobre mis hombros esa responsabilidad, la de sostener, educar y cuidar a una persona. No quiero ser padre. No sería un buen padre. No entiendo por qué casi todas las mujeres quieren ser madres. No entiendo la compulsión que tienen las mujeres por parir. Creen que es una cosa muy admirable, muy hermosa, pero, pensándolo bien, es una imprudencia traer a una persona al mundo sabiendo que éste es un lugar atroz. Si alguien sabe que está metido en un viaje fatal, en un lugar peligroso y horrible, y que además ese viaje terminará mal, que de todos modos terminará mal, no se le ocurriría invitar a otra persona a que viniera a acompañarle, sería una canallada que le dijera ven, comparte el viaje conmigo, jódete, sufre como yo, y condénate a un final doloroso, miserable. No se le ocurriría compartir ese viaje con nadie sabiendo lo tremendo que está resultando sobrevivir en ese lugar tan cruel al que le llevaron sin consultarle. Por eso me cuesta trabajo entender que tantas mujeres quieran tener hijos, como si la vida fuese una aventura placentera, cuando es, ante todo, una experiencia dura y brutal. Por eso no quiero ser padre. Sospecho que sería un mal padre, aunque no sé si uno tan malo como el mío. Probablemente, no. Recuerdo cuando era niño y jugaba ajedrez con mi padre. Al comienzo, él me ganaba porque, claro, yo estaba aprendiendo. Pero me esmeré en poner atención, observar sus movimientos y corregir mis errores. Poco a poco fui progresando. Mi padre seguía ganándome, pero ya no le resultaba tan fácil. Un día saqué de la biblioteca del colegio un pequeño libro sobre técnicas de ajedrez, lo leí en secreto y aprendí algunas cosas valiosas. Cuando llegó el domingo y mi padre me retó a una partida más, no se imaginó que esa vez las cosas serían diferentes. A los pocos minutos de iniciar la partida, yo sabía que ganaría. Fui acorralando a mi padre, le comí la reina, lo puse en aprietos. Su mirada iracunda me daba miedo, pero al mismo tiempo me estimulaba a no perder la concentración y a ganarle sin contemplaciones. A pocas movidas de hacerle jaque mate, cuando su suerte ya estaba echada, mi padre simuló un tropiezo: cruzó las piernas, golpeó el tablero y tiró las piezas al suelo. Fue evidente que lo hizo deliberadamente. No quería perder. No toleraba la idea de perder con su hijo. Él tenía que ganar siempre. Antes que perder, prefirió patear el tablero. Después se disculpó y fingió que había sido un accidente, pero no me engañó, yo supe que había tirado las fichas porque le molestaba terriblemente perder conmigo. Sólo un mal padre haría eso. En lugar de alegrarse de que yo, su hijo, hubiese hecho suficientes progresos para ganarle, saboteó el juego y me negó la victoria. Nunca olvidaré esa partida. En aquel momento empecé a darme cuenta de que mi padre era un mal tipo.

34

—¿Dónde estamos, joven?

Mercedes despierta asustada y me mira como si estuviera perdida.

—Ya falta poco para llegar —digo.

Miro mi reloj.

—En un par de horas estaremos en el pueblo donde vive tu madre —añado.

Mercedes se refriega los ojos con sus manos grandes, bosteza y no dice nada.

—¿Qué piensas decirle a tu mamá? —pregunto.

Me mira y se queda pensando.

—Que me devuelva la plata —dice, con los ojillos chispeantes.

—¿Qué plata? —pregunto, sorprendido.

—La plata que le pagó el coronel cuando me compró —dice ella, y se echa a reír, tapándose la boca, como avergonzada de su picardía, y yo me río con ella.

35

Mercedes mira sus dientes en el espejo interior y sonríe, orgullosa.

—Han quedado lindos —digo.

—Mi viejita no me va a conocer —dice ella—. Parezco gringa. Tengo dientes de blanca.

Me río.

—¿Qué sientes por tu mamá, Mercedes?

—Nada.

—¿Cómo que nada?

—Nada, pues, joven. ¿Qué voy a sentir, si ni siquiera me acuerdo de ella?

—Pero ¿no te molesta que te haya vendido de niña?

—No, no me molesta, ¿por qué me va a molestar, joven? Preguntas raras hace usted. Mucho manejar le afecta, parece.

—Podría molestarte porque era tu mamá y te abandonó, no se quedó contigo.

—Pero lo hizo por mi bien, pues. No sea cabezón, usted también.

—¿No estás resentida con ella para nada?

—Para nada, joven. Para nada.

—Pero ¿no hubiera sido mejor que no te hubiese vendido al coronel? ¿No hubieras preferido quedarte con tu mamá y seguir en tu pueblo?

Mercedes parece dudarlo un segundo, pero luego contesta con convicción:

—No.
—¿Por qué no?
—Porque si me hubiera quedado en mi pueblo, no hubiera conocido la capital.
—Con lo fea que es.
Ella prosigue como si no me hubiera escuchado:
—Y además, tampoco lo hubiera conocido a usted.
La miro con emoción, acaricio levemente su hombro y ella sonríe.

36

Nos hemos detenido un momento en una gasolinera. Mercedes aprovecha para ir al baño. Cuando sale, nos sentamos a tomar unas bebidas. La tarde está fresca. Cada tanto pasa un camión cuyos rugidos perturban la quietud de este lugar perdido en el medio de la nada.
—¿Te hubiera gustado tener un hijo? —pregunto.
Mercedes se atraganta con la bebida, tose y se ríe.
—¿Qué preguntas hace, joven? —se ruboriza.
La miro con una sonrisa. Ella se pone seria y dice:
—¿Pero con quién, pues? Si nunca he tenido esposo.
—¿Te hubiera gustado casarte y tener hijos?
Se queda pensando, mirándome con sus ojitos inquietos, vivarachos.
—Mejor no —responde, como dudando—. Mejor así.

—¿Por qué?

—Porque sí. Porque los hombres son muy fregados. Muy borrachos son.

—Es verdad.

—Y ¿para qué le voy a mentir, joven? Con las justas me alcanza la plata para mí solita, ¿cómo haría para darle de comer a un calatito y encima mandarlo al colegio?

—Entiendo.

—Mejor así, vieja solterona —dice, y sonríe sin amargura.

—Pero si tuvieras un hijo, y no te alcanzara la plata para mantenerlo, ¿lo venderías?

Mercedes me mira seriamente, suspira y dice:

—¡Eso sí que no! Yo, a un cachorro mío, jamás de los jamases lo vendería.

Me quedo pensando.

—Y entonces ¿por qué no reconoces que en el fondo te duele que tu mamá te haya vendido? —me atrevo a preguntarle.

Mercedes me mira con una extraña calma y dice:

—Pero, joven, ¿no ve lo gorda que soy? ¿Cómo no iba a venderme mi viejita, si seguro que me comía todita la comida de mis hermanos?

37

Faltando poco para llegar a Caraz, un auto de la policía pasa en dirección contraria a la nuestra, gira bruscamente y no tarda en encender la sirena detrás de mi camioneta, obligándome a detenerme.

—¿Ya ve, joven? —se alarma Mercedes—. Eso le pasa por correr. Yo le dije que mejor íbamos más despacito.

El policía baja de su auto cochambroso y se acerca arrastrando los pies, desganado. Es flaco, narigón, y fuma un cigarrillo. Lleva bigotes y sonríe como disfrutando de su autoridad. Tiene cara de gato. Se quita los anteojos de sol y me mira al pie de mi camioneta.

—¿Qué le pasa, doctorcito? —dice, con aire displicente—. ¿Adónde vamos tan rápido? ¿Va a dar a luz acá la señora?

—Oiga, jefe, yo sé que estoy gorda, pero no sea insolente tampoco —se defiende Mercedes.

—Mil disculpas, oficial —digo—. ¿Me pasé del límite de velocidad?

El policía se ríe y al hacerlo deja ver unos dientes ahuecados y amarillentos. Luego da una pitada y echa el humo hacia un costado.

—No, ingeniero, no se pasó, ¡se recontra pasó! —dice, y tose y escupe hacia la pista—. ¡Por lo menos a ciento cuarenta iba usted! ¡Parecía una bala, oiga!

Me río con él, mientras Mercedes lo mira con gesto adusto.

—Cuánto lo siento —digo, en tono ceremonioso—. Le pido mil disculpas.

—No lo sienta tanto, que todo tiene arreglo dentro de la ley —dice él, y vuelve a dar una pitada, y de nuevo tose y escupe—. Pero dígame una cosa, doctorcito, ¿qué apuro tiene, por qué anda tan a las carreras por acá?

—Venimos a hacer una visita familiar a Caraz —digo—. ¿Ya estamos cerca, no?

—¡Ya están en la incontrastable ciudad de Caraz! —se enorgullece él—. De aquí mismito, a diez minutos están de la plaza de Armas.

—¡Qué bueno! —me alegro.

—Lástima que no van a llegar en diez minutos —me advierte él.

—Y eso, ¿por qué? —me preocupo.

—Bueno, doctorcito, yo no quisiera hacer esto, pero tengo que cumplir la ley, y la ley me ordena llevarlo derecho a la comisaría por severa infracción de tránsito y violación general y específica del código penal de Caraz.

—Entiendo —digo, simulando una cierta consternación—. La ley es la ley. No sabía que Caraz tuviera su propio código penal, jefe.

—Bueno, la verdad, no sé si lo tiene, pero da igual, porque nadie sabe leer acá en Caraz, así que no tenemos ni puta idea de lo que dice o no dice el código penal —bromea el policía, y estalla en una risotada que termina en tos y salivazo al asfalto.

Me río exageradamente con él para halagarlo, mientras Mercedes sigue mirándolo con mala cara.

—¿O sea que tenemos que ir a la comisaría? —digo, alarmado.

—Así parece, doctorcito —se lamenta.

—¿Y no habrá manera de arreglar esto amigablemente? —pregunto—. ¿No podemos solucionar esto entre nosotros, oficial, y así se evita usted el tremendo fastidio de llevarnos a la comisaría y ponernos una multa que luego sabe Dios de qué manera se va a malgastar o despilfarrar?

—Doctorcito, no es por nada, pero es un piquito de oro, habla demasiado lindo usted —dice el policía, palmoteando mi hombro—. A ver, bájese, por favor, vamos a arreglar esto entre caballeros, sin molestar a la señora —añade.

Bajo y caminamos unos pasos hacia la parte trasera de la camioneta.

—No quiero que la gordita se gane con todo, amigo —dice el policía, bajando la voz.

—¿Cuánto necesitas? —le pregunto.

—Lo que sea su voluntad, ingeniero —dice, ahora humilde, servicial.

—¿Cincuenta está bien? —digo, abriendo mi billetera.

—Muy poco, doctor —se queja.

—¿Cien?

—Ahí sí mejora el panorama —se alegra.

—Bueno, aquí tienes los cien —digo, y le paso el billete.

—Gracias por la donación para el campeonato de fulbito de la Benemérita Comisaría de Caraz —dice, guardando el billete discretamente.

Nos damos la mano.

—No le digas a la gordita que me rompiste la mano, amigo —me pide, en voz baja—. Se ve que la señora es brava de genio.

—No te preocupes.

—¿Y a qué vienen acá, a Caraz? ¿Estás apretándote a la gordita?

—No, maestro —me río—. No es mi novia. Es una amiga.

—Ya, ya, claro —dice él, con cinismo—. No la niegues, amigo, que a mí también me arrechan bravo las gordas.

Me río y él ríe conmigo y sucumbe a otro ataque de tos.

—Perdona, hermanito, pero tengo una flema de la rechucha —dice.

Luego hace un sonido cavernoso, gutural, y escupe, mientras yo me repliego en un gesto de disgusto.

—Entonces, ¿cómo es la nuez? —pregunta—. ¿A qué vienen a Caraz, a gilear nomás?

—No, no —digo—. Venimos a buscar a la mamá de mi amiga Mercedes, que vive en Caraz.

Me mira, intrigado, frunciendo el ceño.

—Tenemos que hablar con el mayor Julio Concha Fina, de la comisaría de Caraz, a lo mejor usted lo conoce.

Me mira con una extraña seriedad.

—¿A Concha Fina lo anda buscando, me dice? —pregunta.

—Exacto, a Julio Concha Fina, ¿usted lo conoce?

—Pero ¿cómo no lo voy a conocer, pues, amigazo?

—¿Me podría guiar hasta la comisaría? —pregunto.

—No hace falta, doctorcito —dice, con una gran sonrisa.

Lo miro, sorprendido, al tiempo que me extiende la mano.

—Mayor Concha Fina, a sus órdenes —dice, dándome un apretón virulento que me deja la mano maltrecha.

—¡Caramba, mayor, qué sorpresa, dónde venimos a encontrarnos! —me alegro.

—El mundo es un moco —dice él, contento.

—Yo pensé que era un pañuelo —lo corrijo.

—Ni siquiera es tan grande, amigo. Es el moco del pañuelo.

Nos reímos.

—Entonces, mayor, ¿nos puede llevar a la casa de la mamá de Mercedes?

—De poder, puedo —responde, desganado.

—¿Lo seguimos, entonces? —me animo.

—No, no, no —se pone serio él—. Así en seco no se puede, doctor.

—¿Cómo en seco? ¿Tiene sed? ¿Necesita un refresco?

El mayor Concha sonríe, jugando con su bigotillo.

—No se confunda, amigo —me aclara—. Yo puedo llevarlo a la casa de la No Habida, pero necesitaría que me diera un pequeño incentivo, no sé si me entiende.

—¿Necesita un dinero extra? —pregunto.

—¡Claro, pues, ingeniero! —se alegra—. ¡Así en seco no se puede trabajar!

—Pero, mayor, ya le mandé la plata en las dos transferencias que acordamos —digo.

—Y así como llegó, rapidito se fue —dice él—. Muy cara está la vida, oiga. Vuela la plata. ¡Vuela!

Pasa un camión y hace tal ruido que espero a que se aleje para hablar.

—¿Cuánto necesita para llevarme a la casa de la señora Petronila? —pregunto, resignado.

El mayor Concha se lleva los brazos a la cintura, baja la mirada, hace un gesto compungido, como si estuviera sufriendo, y reflexiona. Tiene los zapatos llenos de polvo y el pantalón se le cae.

—Bájate unos cien más y te llevo donde la sorda, compadrito —dice.

—Bueno, todo sea por Mercedes —digo, y le paso el billete.

—Estás templado de tu gordita, ¿no? —me dice, con cariño, y palmotea mi espalda—. Bueno, vamos, sígueme, que te llevo donde la vieja esa, que vive más lejos que la puta que la parió.

—Gracias, oficial —le digo, mientras él se dirige a su auto destartalado.

—Dime Concha, hermanito —me corrige él, y sonríe.

Subo a la camioneta. Mercedes me mira asustada.

—¿Nos va a detener el cholo ese? —me pregunta.

—No, nos va a llevar donde tu mamá —respondo.

—¿Mi viejita está detenida? —se inquieta.

—No, pero él conoce donde vive y nos va a llevar hasta su casa.

—Yo no le creo nada a ese cholo sabido. Segurito que le pidió su coima, ¿no?

—Sí.

—¿Y le dio?

—Claro, no me quedó otra.

—Cholo coimero. Borracho debe ser. Todito se lo va a gastar en chupar trago.

Mercedes parece indignada y yo me río por eso.

—Bueno, Mercedes, vamos a conocer a tu mamá —le digo, palmoteando su brazo gordo.

—Ese cholo no me gusta nadita, joven —dice ella—. Seguro que nos va a llevar donde otra señora sólo para sacarle más plata a usted.

—No creo —la tranquilizo.

Ahora vamos despacio, siguiendo al auto del mayor Concha.

—¡Qué insolente, ese cholo policía, venir a decirme que estoy embarazada, con lo vieja que estoy! —se queja Mercedes.

Me río y le digo:

—Piensa que somos enamorados.

Ella se ríe conmigo y dice:

—Pero bien estúpido hay que ser para pensar eso, pues. Porque usted es blanco y pintón, ¿cómo va a estar templado de una chola gorda como yo?

La miro con ojos traviesos y digo:

—Chola y gorda como eres, igual te amo, mamacita.

Mercedes se ríe a carcajadas y termina tosiendo.

—Escupe nomás —le digo.

Ella hace un ruido animal, saca la cabeza por la ventana y escupe.

—Es la altura, que me aclara la garganta —se disculpa.

38

Subimos por un camino de tierra, sinuoso y escarpado, siguiendo el auto del mayor Concha Fina, que deja una estela de polvo y nos obliga a cerrar las ventanas para no ahogarnos. Nos hemos desviado de la carretera pasando el pueblo de Caraz y ahora trepamos un pequeño cerro en cuyas laderas se han construido casas endebles, de techo de paja y paredes a medio hacer. El cielo brilla, limpio y azul, y el perfil de las nubes es nítido, a diferencia del de Lima, tan opaco y gris. Un perro ladra al pasar la camioneta y nos persigue un buen trecho. A medida que subimos, el camino se hace angosto y zigzagueante. Al pasar, nos hace adiós un viejo que baja montado sobre un burro y un grupo de niños que juegan descalzos con una pelota interrumpen el partido y nos ven con curiosidad.

—Ya no quiero trepar más, que tanta curva me está mareando —dice Mercedes.

—No te preocupes, que ya llegamos —la calmo.

Poco después, el auto del mayor Concha se detiene con brusquedad en medio de una polvareda y alcanzo a frenar a tiempo, antes de chocarlo. Bajamos, aliviados. El mayor Concha Fina enciende un cigarrillo y señala una casucha de una planta, modesta pero al menos acabada, con techos y ventanas terminadas, y rodeada de un pequeño huerto demarcado por una verja de palos y alambres.

—Acá mismito vive la sorda —anuncia, con una sonrisa, y se cruza de brazos, orgulloso.

—¿Qué sorda? —pregunta Mercedes.

—Tu vieja, pues, gordita —le dice el policía—. Está más sorda que una pared de adobe.

—Ojalá no esté medio ciega también, que ahí sí no me conoce ni de a vainas —dice Mercedes.

—Voy a tocar la puerta —digo.

—No, joven, espérate un ratito, que me arreglo un poco —me pide Mercedes, y se mira en el espejo lateral de la camioneta, peinándose.

—Suerte con la suegra, amigazo —me dice con una sonrisa el mayor Concha.

—No es mi suegra, hombre —digo, sonriendo.

—Sí, claro —me mira con cinismo Concha Fina.

Luego se dirige a la puerta y, en vez de tocarla con los nudillos, la golpea con tres patadas sonoras. Como es de un metal viejo y oxidado, la puerta suena fuertemente cuando el mayor Concha la patea con sus zapatos polvorientos.

—¡A ver, la señora Petronila, repórtese, que la está buscando la ley! —grita.

—Oiga, no grite así tan feo, que mi viejita se va a asustar, va a pensar que la van a llevar presa —lo reprende Mercedes.

Concha Fina no le hace caso, vuelve a patear la puerta con displicencia y grita:

—¡Señora Petronila, la busca su yerno, salga afuera, que tiene visita!

Me río. Mercedes mira a Concha con cara de reprobación. Concha Fina saca un pito del bolsillo, toca tres silbatos agudos y vuelve a gritar:

—¡Policía, carajo! ¡Salga, vieja de mierda, o entro a patadas!

Nadie contesta. Concha se impacienta, lanza una patada más fuerte y consigue entrar en la casa.

—¿No estará durmiendo? —trato de detenerlo, pero es inútil, porque Concha Fina responde:

—No, qué va a estar durmiendo la vieja, lo que pasa es que es una sorda de la gran puta y no escucha ni sus pedos.

Pasamos a la casa detrás de él. Es muy modesta, con el piso de cemento, unas sillas viejas y decenas de retratos religiosos colgados de las paredes. Unas gallinas se asustan y salen corriendo al patio, alborotadas.

—Debe estar en el cuarto de atrás, allí la encontré cuando vine a buscarla —dice Concha Fina, y grita—: ¡Petronila, te busca tu hija y su calentado!

Nos quedamos los tres en la sala de la casa, mientras yo miro las imágenes religiosas, en las que abundan las fotos de Sarita Colonia, la niña justiciera. Como nadie aparece, salvo más gallinas y un cuy que pasa corriendo y se esconde detrás de una puerta, el mayor Concha ordena:

—Síganme, van a ver que la vieja está viendo televisión.

Pasamos por un corredor angosto y en penumbras. Se oye el rumor de un televisor encendido. Llegamos a una habitación más grande y mejor iluminada, con unas puertas abiertas que dan a un huerto. En ese cuarto hay una cama grande, de dos plazas, y un televisor en blanco y negro, con una antena de conejo. Una señora mayor, canosa, algo gorda, está viendo televisión a un volumen muy alto. No está en la cama, sino sentada en una silla pequeña frente al televisor, muy cerca, como a un metro, y no alcanza a vernos, porque estamos de espaldas a ella.

—Ahí está tu vieja, la sorda —le dice Concha Fina a Mercedes, pero la vieja no parece oírlo y sigue viendo la televisión.

Mercedes mira nerviosa a esa mujer y no sabe qué hacer. Yo tampoco sé si acercarme y saludarla o esperar a que advierta nuestra presencia.

—Voy a saludarla —digo, y doy dos pasos, pero Mercedes me detiene y dice:

—No, joven, mejor esperamos a la propaganda, así no se pierde la novela.

—Buena idea —digo.

—Esta vieja se ha vuelto sorda de tanto ver novelas a todo volumen, carajo —opina el mayor Concha.

En ese momento se interrumpe la novela y dan paso a comerciales. Concha Fina no duda en dar unos pasos firmes, taconeando con fuerza el piso de cemento, se planta al lado de la mujer y la zarandea del hombro, diciéndole:

—¡Petronila Navarro Chuquipiondo, párate, que soy el mayor Concha Fina de la comisaría de Caraz!

La vieja lo contempla sin el menor sobresalto y responde con una vocecita aguda, de canario:

—Que se pare la concha de tu madre, ¿ya, papito?

Escandalizada, Mercedes se cubre la boca con una mano.

—No seas lisurienta, vieja cojuda, que acá está tu hija con su jinete.

—¿Quién? —grita la vieja, sin voltear.

—¡Tu hija, cojuda! —grita el mayor Concha.

—¡No tengo ninguna hija muda! —grita la vieja, y luego añade—: Y ahora déjame tranquila, que quiero ver mi novela.

Entonces, incapaz de controlarse más, Mercedes pierde la compostura, se abalanza sobre su madre, empujando de paso al mayor Concha, se hinca de rodillas y exclama, emocionada:

—Viejita, soy yo, ¿me reconoces?

La señora Petronila la observa con frialdad y dice:

—¿Quién eres, ah?

—¡Tu hija, mamá, tu hija!

—¿Mi hija? No, mamita, yo a ti no te conozco.

—¡Te juro que soy tu hija, mamá!

La vieja la mira con desconfianza.

—No te creo, mamita —dice—. Si fueras mi hija, no estarías así, tan gorda y bien papeada.

Mercedes no se da por vencida:

—Es que me vendiste de chiquita al coronel —explica.

—¿A quién? —pregunta la vieja.

—¡Dice que la vendiste a un coronel, degenerada! —interviene el mayor Concha Fina.

—¿A qué coronel? —pregunta la vieja.

—Al coronel Del Orto, el esposo de la señora Luz Clarita —aclara Mercedes.

—No, no, a ese Orto yo no lo conozco —dice la vieja.

—Yo tampoco —añade el mayor Concha.

—Pero mamá, te juro que soy tu hija —insiste Mercedes—. ¿No te acuerdas de mí?

—No importa —dice la vieja—. Si dices que eres mi hija, yo te creo nomás, ya estoy muy anciana para discutir cojudeces. Ahora jala tu silla y siéntate a ver la novela, ¿cómo dices que te llamas?

—Mercedes, mamacita.

—¿Qué?

—¡Mercedes!

—¡Ya, carajo, no grites! Jala tu silla, que primero vamos a ver la novela y después hablamos.

Mercedes se pone de pie, pasa a mi lado y dice, emocionada:

—Ya me reconoció.

Luego va a traerse una silla.

—Ni un carajo te reconoció, no sabe quién chucha eres —dice Concha Fina—. Bueno, yo me voy yendo, cualquier cosa, me busca en la comisaría, ingeniero.

Echa una mirada rápida, agarra un cenicero lleno de

monedas, lo vacía en una mano y guarda las monedas en el bolsillo de su pantalón.

—Para tomar un refresco, amigo —se disculpa, cuando lo miro con mala cara.

Al salir, se cruza con Mercedes, que viene con una silla.

—Chau, gordita rica, otro día te visito —le dice.

—No seas insolente, oye, cholo coimero —le dice ella con desprecio.

El mayor Concha Fina se ríe de buena gana y sale del cuarto. Mercedes deja la silla al lado de su madre, se sienta, se cruza de brazos y se entrega a ver la novela. Yo me siento en la cama. Durante quince o veinte minutos, las dos mujeres no se dicen una palabra. Sólo a veces, la vieja golpea el televisor con su bastón y grita, dirigiéndose a la villana:

—¡Desgraciada, conchatumadre!

Después se hunde en el mutismo más absoluto. Apenas termina la novela, apaga el televisor y mira a Mercedes con perplejidad.

—¿Y tú quién eres? —pregunta.

—Tu hija Mercedes, viejita —responde ella—. La que vendiste al coronel Del Orto.

—Ah, sí, mi hija —refunfuña la vieja—. Ya ni sé cuántas hijas tengo. Ya ni sé cuántas están vivas, carajo.

—Mamá, no seas lisurienta.

La vieja se incorpora con dificultad y entonces descubre que estoy sentado en su cama.

—Buenas, señora —le digo, y me pongo de pie y me acerco a estrecharle la mano.

—¡Ratero, ratero! —grita ella, y la emprende a bastonazos contra mí.

—¡Mamá, no le pegues, es el joven, es mi amigo! —grita Mercedes.

—¡Ratero conchatumadre, fuera de mi casa, mañoso de mierda! —sigue gritando la vieja, dándome bastonazos, mientras yo trato de eludirlos.

—¡Señora, no soy ratero! —grito.

Salgo corriendo al patio y asusto a las gallinas, y un perro viejo me mira con pereza y pasan corriendo los cuyes.

—¡Se va a robar los cuyes! —se alarma la vieja, y viene detrás de mí, pero entonces Mercedes la detiene, la zarandea fuertemente y grita:

—¡Mamá, ya basta, no seas estúpida, ese señor es mi amigo, el joven Julián!

Entonces la vieja comprende que no soy un intruso, se calma, me mira de todos modos con desconfianza y le dice a su hija:

—Ah, ya, ¿o sea que te has casado con este blanquiñoso? Con razón, pues, que estás tan gordita, ¿no? ¿Éste es el que te da de comer?

—No, mamá, no es mi marido.

—Soy su amigo, señora. Mucho gusto.

—Arrejuntados nomás están. Ya. Como en la novela. Ya.

Mercedes se ríe nerviosa y yo le doy la mano a la señora Petronila.

—Un gusto conocerla, señora —digo, a pesar de que me duele la espalda por los bastonazos.

—Ya —dice ella, secamente.

Luego me pregunta:

—¿Tú conoces a esta gorda que dice que es mi hija?

—Sí, claro, es su hija Mercedes.

—Bueno, como quieras, mamita, si quieres ser mi hija, tú solita te jodes —dice la señora Petronila.

—Soy tu hija y te quiero mucho, viejita —dice Mercedes, y trata de abrazarla, pero ella se zafa y dice:

—¿Han comido?

—No —dice Mercedes.

—¿Quieren comer?

—Claro, encantado —digo.

—¿Les gusta cuy? —pregunta, mientras camina por el huerto.

—Sí, claro, cuy es riquísimo —se apresura Mercedes.

—Cuy comemos entonces —dice Petronila.

Luego da unos pasos rápidos y golpea a bastonazos a un cuy hasta matarlo.

—Listo —se alegra—. Le sacamos el pellejo y está lista la comida.

39

Un tipo con aire misterioso se paseaba por la librería de Andrea hojeando libros, pero también mirando de reojo al personal de seguridad. Andrea ya sabía reconocer a esa clase de personas. A veces le daban pena y no les decía nada y dejaba que se robasen algún libro no muy caro. Pero este tipo ya se había robado otros libros y ella no estaba dispuesta a dejar que se robase otro más. Como estaba en el segundo piso, Andrea podía mirarlo sin que él se diese cuenta. Pudo ver cuando metió el libro dentro de su chaqueta y luego la cerró como si tuviera frío. Andrea le hizo una seña al guardia de seguridad. Cuando el tipo estaba por salir, el guardia lo detuvo y le pidió que abriera su chaqueta. El tipo se puso muy nervioso, se negó, dijo que era una falta de respeto. El guardia le dijo que se dejara de juegos, que devolviera el libro o llamaría a la policía. El tipo se resignó a sacar el libro y entregarlo.

—Tiene que ir a pagarlo a la caja o llamo a la policía —le dijo el guardia de seguridad, que ya era un experto en esas cosas.

El tipo comprendió que no tenía escapatoria, así que fue a la caja, entregó el libro y preguntó cuánto costaba. Andrea le dijo el precio, miró el libro y entonces reconoció que la foto en la contraportada era del mismo señor que tenía enfrente.

—Pero, señor, ¿éste no es usted? —le dijo, sorprendida, señalando la foto.

—Sí, soy yo —dijo el tipo, al parecer orgulloso de que alguien lo hubiese reconocido por fin.

Andrea le dijo, perpleja:

—¿Y qué hace robando su propio libro?

El tipo respondió:

—Es que los de la editorial son unos ladrones. No me pagan mis regalías. Les he pedido que me manden diez ejemplares de cortesía para regalarlos a los amigos, usted sabe, y nada, no me mandaron ni uno los desgraciados.

—Qué mal —dijo Andrea.

—Sí, todo mal —dijo el tipo—. Por eso tuve que venir a robar mi propio libro. Porque si la editorial me roba a mí, no me queda sino robarles a ellos, ¿no le parece justo?

Andrea le dijo que tenía razón y que podía llevarse el libro sin pagar.

40

Petronila, Mercedes y yo estamos sentados a la mesa del patio. Yo me he resistido firmemente a comer cuy y Mercedes tampoco se ha animado, así que su madre se lo come sola y no parece lamentarlo, pues lo hace con la mano y, extasiada, se chupa los dedos. Yo he comido un pan con mantequilla y una manzana. Mercedes dice que no tiene hambre, pero ya se ha comido cuatro panes con queso y mantequilla. La tarde está fresca, agradable. Casi no hay ruidos, salvo los que hacen ocasionalmente las gallinas del huerto. Mercedes parece feliz. Sonríe de un modo sereno, agradecido, como si hubiese hallado por fin algo valioso en su vida. Su madre, en cambio, no se sabe si está contenta, preocupada o tensa con nuestra presencia, porque habla poco, a duras penas nos dirige la mirada y más bien concentra su atención en el cuy frito que tiene enfrente. Me sorprende que no dé señales de emoción con la llegada de su hija, pero sorprende más que Mercedes no parezca guardarle el mínimo rencor y que esta reunión sea tan simple, sin reproches ni explicaciones de ningún tipo, como si fuese una cosa normal dejar de verse tanto tiempo y luego reencontrarse de este modo.

—¿Y mis hermanos, dónde andan? —pregunta Mercedes—. ¿No vive ninguno acá en el cerro contigo?

Petronila mordisquea una pata de cuy y dice con frialdad:

—¿Dónde andarán, pues? Yo no sé nada.

—¿Pero cuántos hermanos somos? —insiste Mercedes.

—¿Qué? —pregunta la vieja, sin mucho interés, y me mira fugazmente, y yo le sonrío, pero ella me ignora.

—¿Cuántos somos? —grita Mercedes.

—No sé, pues, hijita —se impacienta Petronila—. ¿Cómo voy a saber yo cuántos hijos tengo? Ya fue hace mucho eso, ya no me acuerdo.

—Deben haber sido muchos, ¿no? —intervengo, sólo para decir algo.

—Como ocho éramos, creo —opina Mercedes.

—Muchos críos, sí —dice Petronila—. Muchos cachorros tuve. Como diez fácil, y me puedo estar quedando corta, le digo, patrón.

—No me diga patrón, Petronila —digo.

—Le digo, pues, le digo —sube ella la voz, una vocecita aguda pero firme—. ¿Cómo voy a saber yo cuántos cachorros tuve, si ahora soy una vieja de mierda y no sé ni cuántos años tengo?

—Mamá, por favor, no seas boca sucia —dice Mercedes, sonriendo.

—¿Y ninguno de sus hijos la viene a visitar? —pregunto.

—Sí, a veces vienen de noche —responde ella.

—¿De noche? —me sorprendo.

—Sí, vienen fantasmas, deben ser ellos, mis cachorros —dice ella, y Mercedes y yo nos miramos intrigados.

—¿Fantasmas, mamá? —pregunta Mercedes.

—¿Dónde hay fantasmas? —se crispa de pronto Petronila, y mira a todos lados, curiosa—. Si te joden, mándalos a la concha de su madre y se van rapidito —añade.

—¿Todos sus hijos están muertos, señora? —pregunto.

Petronila me mira con mala cara.

—¡Qué preguntas más jodidas haces! —protesta.

—Pero, mamá —se impacienta Mercedes—. ¡Cómo no vas a saber si mis hermanos están vivos o muertos!

—Por mí que todos están muertos, porque ninguno se aparece por acá, sólo de noche vienen a joder cuando estoy durmiendo y me jalan de la pata, esos malparidos —dice Petronila.

—Bueno, por lo menos me tienes a mí —le dice Mercedes, y le da un beso en la mejilla, pero Petronila la mira con cierto disgusto y dice:

—¿Qué me quieres sacar, dime? ¿Quieres plata? ¿Has venido por plata? Porque te voy a decir una cosa, gordita, ¿cómo dices que te llamas?

—Mercedes.

—Mercedes, sí. Yo no me acuerdo que eres mi hija, ¿ya? Puedes ser como puedes no ser. Yo no me acuerdo nada de nada, ni un carajo me acuerdo. Así que no sé qué me quieres sacar, porque yo no tengo nada de billete para darte, hijita.

—No hables así, mamá —dice Mercedes—. No vengo por la plata. Vengo porque te quiero y quiero cuidarte. Ya estás vieja para estar solita.

—Así que ya sabes, hijita —prosigue Petronila, como si no la hubiera escuchado—. Yo te puedo dar tu cuy, tu gallina frita, tu caucau, tu carapulcra, te puedo dar tu pan con mantequilla, pero más que eso, no te puedo dar, ¿estamos claros, mamita?

—Sí, sí, viejita, no te preocupes, yo no quiero que me des nada —dice Mercedes.

—Hemos venido porque queríamos conocerla, señora Petronila —digo yo.

—¿Y tú quién eres? —me mira ella, con expresión alunada, como si recién me viera—. ¿Tú también eres mi hijo?

—No, no soy su hijo —me río.

—Hijo político eres, claro —dice Petronila—. ¿Te has casado acá con mi Mercedes, sabido?

—Mamá, no digas tonterías, ya te dije que es mi amigo —se ruboriza Mercedes.

—Arrejuntados son —dice Petronila, con cierta melancolía—. Ahora es así, se juntan como los conejos.

—Somos sólo amigos, señora —digo.

—Ya, ya, papito, come tu pan —dice ella, incrédula, y mordisquea un pedazo de cuy.

—Mamá, ¿y tú de qué vives? —pregunta Mercedes, untando mantequilla en otro pan.

A su lado, unas palomas revolotean picoteando los pedazos de pan que caen al suelo.

—¿Qué dices? —grita Petronila—. Habla fuerte, hijita, que no te escucho.

—¿De qué vives? —grita Mercedes.

—No me grites, tampoco —la reprende su madre.

Luego mordisquea el cuy y se queda pensativa, mirando el cielo. A lo lejos ladran unos perros.

—De milagro, vivo —dice, con un aire triste—. ¿De qué más voy a vivir?

—¿Pero quién te mantiene? —insiste Mercedes.

—¿Cómo quién me mantiene? —se exalta Petronila.

—Claro, pues —dice Mercedes, impacientándose también—. ¿De dónde sacas plata?

La señora Petronila se ríe, tirándose hacia atrás. Es una risita aguda, ahogada, como para adentro.

—Plata, plata. Ya sabía yo que venías por la plata, pendeja —dice, mirando a su hija con desdén—. ¡No tengo plata! ¡Ya te dije, no tengo un sol partido por la mitad! Si quieres plata, pídele a tu arrejuntado —añade, dirigiéndose a mí.

—No quiero plata, mamá —se ríe Mercedes—. Sólo quiero saber cómo haces para comer.

La señora Petronila responde con serenidad, como si fuese algo obvio:

—Mato un cuy y me lo como, pues, hijita.

—¿Todos los días? —pregunto, sonriendo.

—Todos los días, patrón —dice ella, con orgullo.

—¿Y no se acaban los cuyes? —pregunto.

—No, no, no —se ríe ella, contenta—. Los cuyes cachan parejo, patrón. Todo el día paran cachando.

—¡Mamá! —se escandaliza Mercedes.

—Es verdad, hijita, nunca puedo terminarme los cuyes, siempre hay más por todos lados, ¿no ves?

Petronila se levanta con su bastón, avanza por la huerta, busca debajo de las plantas y salen corriendo decenas de cuyes que a su vez alborotan a las gallinas, que aletean alrededor de Petronila mientras ella las espanta con su bastón y dice:

—¿Ves cuánto cuy tengo? Yo me como uno cada día y cada día nacen varios chiquitos. Bien cacheros son estos cuyes. Un día se van a cachar a las gallinas.

Mercedes y yo nos reímos, mientras Petronila sigue buscando más cuyes entre los arbustos.

—Así nomás vivo —habla, como para sí misma—. Ellos cachan y yo me los como.

Luego suspira y dice, mirando al cielo:

—¿Qué me haría sin mis cuyes, Diosito lindo?

41

—Bueno, creo que es hora de ir a descansar —digo, poniéndome de pie.

Se ha hecho de noche y estoy cansado. Ha sido un día largo. Tengo que buscar un hotel en la plaza de Caraz. No sé si podré llegar solo, sin la ayuda del mayor Concha Fina. Debo bajar el cerro por ese camino polvoriento, volver a la autopista y regresar un par de kilómetros en dirección al pueblo de Caraz.

—Vayan, vayan —dice Petronila, y se levanta, apoyada en su bastón—. Otro día vienen. De acá yo no me muevo.

—Yo me quedo contigo —dice Mercedes, con determinación, y permanece sentada.

La miro, sorprendido, y no digo nada, y Petronila pregunta:

—¿Dónde te quedas, hijita?

—Contigo, mamá —responde Mercedes, con una mirada llena de amor—. Me quedo a dormir acá para cuidarte.

—¡No, no, no, eso ni cagando! —dice Petronila, enojada, y golpea el piso con su bastón.

—¿Por qué, mamá? —se entristece Mercedes—. ¿No quieres que te acompañe?

—¡Ni loca! —responde Petronila—. A mí me gusta dormir sola, no me gusta que me duerman en mi cama.

Mercedes la mira boquiabierta.

—Muchos años me he jodido yo aguantando a tantos

hombres borrachos, cuidando a todos los calatitos que iba teniendo, que ya todos deben estar finados —prosigue Petronila—. Ahora solita nomás duermo y ni loca dejo que alguien venga a joderme a mi cama.

—Hace bien, señora —digo, sonriendo—. Vamos, Mercedes, tenemos reserva en un hotel, puedes volver mañana, si quieres.

—No —dice ella, resueltamente—. Yo me quedo con mi viejita aunque tenga que dormir en el suelo.

—Ah, bueno —dice Petronila—. Si quieres dormir en el suelo, puedes quedarte, ahí sí que no hay problema.

—Gracias, mamá —dice Mercedes, emocionada—. Te quiero mucho.

—Quiéreme todo lo que quieras —dice Petronila—. Pero duermes en el suelo, ¿ya, mamita?

—Ya, mamá.

—Bueno, las dejo entonces —digo, y me dirijo a la puerta, y ellas me siguen—. ¿Vengo mañana a mediodía, Mercedes?

—Sí, joven, venga mañana, que acá le hacemos un rico desayuno —promete Mercedes.

—Pero sin cuy, por favor —pido.

Mercedes se ríe y su madre me mira muy seria, como estudiándome, y luego me dice:

—Mira, patroncito, si te vas por ahí a cachar a alguna serranita de Caraz aprovechando que estás solo, y yo me entero, ¡te corto la pichula, me oyes!

Mercedes y yo nos reímos, pero Petronila me mira con extraña seriedad y añade:

—Segurito que eres pingaloca, ¿no?

—No, no, señora, qué ocurrencia —digo, sonriendo.

Luego le doy un beso a Petronila y otro a Mercedes y abro la puerta metálica que casi rompe a patadas el mayor Concha y me asusto porque entran corriendo un montón de cuyes negros y marrones, que pasan a mi lado y siguen hasta el huerto.

—Ya sabes, patroncito —me advierte Petronila, con una mirada de fuego—. Si le pones los cachos a mi gorda, ¡te hago rebanada la pichula y se la doy a comer a mis cuyes!

Antes de cerrar, veo que Mercedes se ríe encantada.

42

Estoy solo en el cuarto de un hotel en Caraz, mirando la televisión. No puedo dormir. Hace frío. No hay calefacción, estufas ni frazadas. Tengo los pies helados. Me he puesto tres pares de medias, pero siguen helados. No sé por qué soy tan friolento. Debo ser anémico. Andrea dice que necesito tomar plomo. Yo no quiero tomar plomo. Hace poco leí en el periódico que una mujer tomó plomo por anémica y murió porque el plomo estaba en mal estado. Llamo a Andrea y la despierto. Le digo que estoy caliente pensando en ella y nos tocamos diciéndonos cosas inflamadas al teléfono. Ella no puede hablar muy fuerte porque vive con su madre, así que tiene que susurrar, pero eso es bueno, así me gusta más.

—¿Está tu perra en tu cama? —le pregunto.

—Sí, me está mirando.

Andrea me quiere, pero nunca me querrá tanto como a su perra *Frida.* Duermen juntas. Me pone nervioso que mi chica se toque cuando le hablo por teléfono mientras su perra duerme en la cama.

—*Frida* me tiene celos —digo.

No exagero. He ido varias veces a casa de Andrea y de su madre, y siempre que voy, *Frida* no para de ladrarme y mirarme con mala cara. Si me permito tocar a Andrea, hacerle una caricia, abrazarla, *Frida* ladra con más fuerza y me mira con saña, como si quisiera morderme. Creo que siente que Andrea no le pertenece totalmente, que yo también tengo ciertos privilegios sobre ella, y por eso me tiene esos celos extraños.

—Si nos descubre alguna vez cogiendo, seguro que me muerde la pinga —digo, y Andrea se ríe.

Andrea vive en un barrio normal, de clase media, en el que casi todas las casas tienen por lo menos un perro, y a las seis de la tarde, cuando oscurece, todos salen a pasear sus perros, lo que puede resultar agradable, porque es una ocasión para conversar con los vecinos mientras los perros se olisquean y se hacen amigos, o agobiante, porque hay demasiados perros ladrando a la vez y uno tiene que caminar con cuidado para no pisar un mojón. Por eso no me gusta salir a pasear con Andrea y su perra. Prefiero que ellas paseen juntas y quedarme en casa conversando con su mamá, que me prepara jugos de naranja y me pide que no vaya a volar en globo con su hija. Andrea está loca por volar en globo conmigo, y a mí me entusiasma la idea. Hoy le he dicho que cuando estemos arriba, en el globo, le voy a contar un secreto. De pronto, *Frida* ladra.

—Perra de mierda —digo—. Seguro que sabe que estamos haciéndonos una paja y le jode.

Andrea se ríe y logra calmarla. Le puso *Frida* por una canción de Sabina que le gusta. Una vez *Frida* se escapó y la atropelló un auto. Andrea vio cuando la atropellaron. Corrió, la rescató debajo de las llantas y la llevó a la veterinaria. Por suerte, la salvaron. Andrea dejó de hablarme varias semanas porque le dije que hubiese sido mejor que la perra hubiera muerto para que me dejara en paz cuando fuera a visitarla. Hasta hoy, cuando recuerda eso, se pone furiosa y me dice que soy un egoísta, que no podría vivir conmigo porque odio a su perra. En ese sentido, siento que le debo algo a *Frida*. Gracias a ella, Andrea y yo no vivimos juntos. Seguimos tocándonos, pero *Frida* vuelve a ladrar con esos ladridos histéricos que me vuelven loco.

—Perra mal cogida —digo—. Lo que necesita es que un San Bernardo se la monte hasta dejarla muda.

Andrea se ríe.

—¿Te estás tocando por debajo de las sábanas o por arriba? —pregunto.

—Por arriba —responde.

—¿Y *Frida* te ve todo?

—Bueno, sí, pero es normal, ya está acostumbrada.

—Por eso ladra tanto, la cabrona. Debe estar caliente. Esa perra te ama, Andrea.

Poco después nos venimos juntos. Me encanta cuando Andrea se viene por teléfono. Suena distinto. Suena mejor que cuando lo hacemos juntos cara a cara. Cuando hacemos el amor, quizá presto más atención a su rostro o a sus gestos que a los jadeos o gemidos que logro arrancarle. Pero cuando nos tocamos por teléfono, lo que más me excita no es lo que ella me dice, venciendo su pudor y su deliciosa timidez, sino los ruidos ahogados que hace con cierto temor a que su madre, que está en el cuarto al lado, la oiga. Yo creo que su madre sabe que Andrea y yo tenemos sexo, y no le molesta, o le molesta menos que a *Frida.*

—¿Alguna vez has comido cuy? —le pregunto, después de que hemos terminado.

Siento que no puedo moverme. Estoy extenuado, se me cierran los ojos y no tengo fuerzas para ir al baño.

—No, qué asco —dice ella—. ¿Tú sí?

—Hoy estuve a punto, pero me salvé —digo—. La mamá de Mercedes se come un cuy todos los días, y te juro que tiene cara de cuy.

Andrea se ríe.

—¿Cuándo vuelves? —pregunta.

—No sé. Ni idea. Depende de Mercedes. Lo más probable es que me quede acá un par de días, pero ya te voy contando.

—Cuídate. Te amo.

—Yo más.

—Y báñate, cochino. Seguro que no te has bañado hoy.

—No, pero estoy muy cansado. Te prometo que me baño mañana.

—Siempre dices lo mismo.

43

Más tarde despierto temblando, con pesadillas. Estaba soñando con mi padre. Las peores pesadillas las tengo siempre con él. Por lo general, me pega, me amenaza o me humilla. Hoy soñé que mi padre había muerto. Extrañamente, yo estaba triste. Tenía pena de no haberle dicho en vida todas las cosas que pensaba de él. Cuando me dijeron que había muerto, no sentí alivio, como había imaginado tantas veces que sentiría, sino una tristeza profunda, una angustia que me oprimía el pecho. No dudé en ponerme un traje negro e ir al velatorio. Curiosamente, no había nadie. Estaba a solas con el cajón en el que yacía el cuerpo de mi padre. Me acerqué con miedo. Me temblaban las piernas. El féretro permanecía abierto. Papá lucía viejo, arrugado, demacrado. Tenía los ojos cerrados y las manos cruzadas sobre el pecho. Vestía traje y corbata. Un aire de quietud, de paz, de mansedumbre, dominaba su rostro pálido. Lo miré y rompí a llorar.

—Perdóname, papi —le dije.

Sentí que hacía muchos años que no le decía así, papi, como le decía cuando era niño.

—Perdóname por no haberme despedido de ti. Pensé que te odiaba, pero ahora que estás muerto, me doy cuenta de que sigo queriéndote.

Estaba realmente desolado al ver a mi padre tieso en un cajón. Pero de pronto él abrió los ojos, me miró con infinito desprecio y dijo:

—Lo peor que me pasó en mi vida fuiste tú, huevón.

Luego gritó:

—¡Seguridad, llévense a este miserable de mi velorio!

Desperté llorando. Encendí las luces, fui al baño, me eché agua en la cara y, cuando volví a la cama, extrañé a Mercedes.

44

—Yo no vuelvo a Lima, joven.

Mercedes está sentada conmigo en el patio de la casa de su madre. Me ha servido una limonada y un pan con queso fresco. Petronila no sabe que he llegado. Está en su cuarto, viendo televisión. No se mueve por nada de allí hasta que termine la novela, según me cuenta Mercedes con una sonrisa. Desde que me abrió la puerta y me saludó con un abrazo, me ha impresionado con una felicidad que parece desbordarla, una alegría que no le conocía.

—Yo me quedo acá con mi viejita —dice—. Yo no me regreso a la capital.

Parece tan segura que no intento disuadirla.

—¿Por qué quieres quedarte? —pregunto.

Toma un sorbo de limonada con hielo, mueve las piernas gordas, varicosas, y dice sonriendo:

—Porque no quiero dejar sola a mi viejita.

—¿Pero tú vas a estar bien acá?

—Claro, joven, acá estoy mucho mejor. Yo soy de acá.

Ésta es mi tierra. De aquí no me mueve nadie hasta que estire la pata.

—¿Y qué dice tu mamá?

—Dice que le da igual —se ríe—. Ya ha visto cómo es ella, es bien loquita la vieja. Pero yo sé que me necesita, joven. Alguien tiene que cuidarla. Yo soy su única hija y no puedo dejarla así solita, abandonada.

—Eres muy buena —le digo, conmovido por su nobleza—. Pero en Lima tienes un trabajo, un cuarto, una vida hecha. Acá, en el cerro, ¿de qué vas a vivir, qué vas a hacer?

Mercedes espanta unas moscas con la mano, parte otro pan por la mitad y dice:

—Acá se vive mejor, joven. Anoche he dormido recontra bien. No le puedo decir por qué, pero acá me siento como que estoy en mi casa, que éste es mi lugarcito, mi terruño, no sé si me entiende. En la capital estoy solita, no tengo a nadie. Acá tengo a mi viejita. Le voy a cuidar el huerto, le voy a cocinar, le voy a limpiar la casa, y así nomás iremos viviendo.

—¿Estás segura?

—Segurísima. Bien segura.

—Me da pena, porque te voy a extrañar, pero si tú estás mejor acá, me alegro por ti, haces bien en quedarte.

—Gracias por entenderme, joven. Ya en un tiempo iré a Lima a traerme todas mis cosas, pero ahorita me quedo, ¿cómo la voy a dejar sola a la viejita, si recién la he conocido?

Se le humedecen los ojos y se le quiebra la voz. Luego añade con emoción:

—Gracias, joven, por traerme acá. Yo en Lima estaba

perdida. Ahora que estoy con mi viejita, siento una paz en el corazón. Ya me puedo morir en paz.

Llora serenamente, con felicidad.

—Yo me quiero morir acá, joven, en la montaña, donde nací. ¿Vio qué lindo es esto?

—Precioso —digo—. Mucho más lindo que Lima.

—Por eso mi viejita está tan bien conservada. Porque acá la vida pasa más despacito. No se angustia tanto una. Allá en la capital es mucha carrera, mucho trajín.

—Tienes razón —digo, y me quedo un momento en silencio—. Y ahora, ¿quién me va a limpiar mi casa?

—¡Tú mismo, pues, flojonazo! —grita Petronila, detrás de mí, y doy un respingo, asustado.

Entra al patio con su bastón y se sienta a mi lado. Viste un vestido morado, largo, casi hasta los tobillos, y en el pecho lleva una imagen del Señor de los Milagros.

—¡Tú mismo tienes que limpiarte y cocinarte! ¡Ya estás grande para que todito te lo hagan! Mírame a mí: así, vieja como estoy, yo hago todas mis cosas.

—Buenas, Petronila —digo, con una sonrisa.

—Pero ahora yo te voy a ayudar en todo, viejita —dice Mercedes.

—Bueno, eso si tú quieres, nadie te obliga tampoco —dice Petronila.

—Ya te dije, acá me quedo a cuidarte, no voy a dejarte solita, mamá —dice Mercedes.

—Como quieras, hijita, como quieras —dice Petronila con resignación—. Acá hay sitio de sobra. Yo no sé si eres mi hija, pero si quieres cocinarme y limpiarme, yo feliz que seas mi hija todo el tiempo que quieras. Ya cuando te canses, dejas de ser mi hija nomás y te vas derechito por donde viniste.

Mercedes se ríe y acaricia a su madre en la cabeza.

—Terrible eres, viejita.

—Señora, ¿se puede saber cuántos años tiene? —le pregunto a Petronila.

—Ay, caracho, ahí sí me jodiste —dice Petronila.

—¡Mamá! —se escandaliza Mercedes.

—Entre ochenta y noventa, al cálculo —dice Petronila.

—Es mucho —digo.

—Si le parece mucho, mejor usted saca la cuenta —refunfuña Petronila.

—No, no, digo que es mucho para lo que aparenta —aclaro—. Parece de setenta, no más.

—Ya, ya —dice Petronila, sin hacerme caso, y luego se dirige a su hija y le dice—: Dime una cosa, mamita, este señor, tu arrejuntado, ¿se va a quedar con nosotros también?

—No, no —responde Mercedes, riéndose.

—No, señora, qué ocurrencia, yo me vuelvo a Lima —digo.

—Ah, ya, mejor, porque ya si se quedan los dos a vivir acá, no me alcanzarían los cuyes y pasaríamos hambre —dice Petronila—. Porque tú, mamita, con esa panza que tienes, por lo menos te vas a tener que empujar tres cuyes diarios.

—No, mamá —se ríe Mercedes—. Yo con uno estoy más que bien. Además, a mí el cuy tanto no me gusta.

—¿No te gusta? —se sorprende Petronila—. ¿Qué te gusta comer? ¿Conejo? ¿Chancho? ¿Gallina?

—Todo eso como, sí —responde dócilmente Mercedes.

—Bueno, no hay problema, acá en el cerro mis vecinos tienen de todo y nos cambiamos los animales. Yo conejo no tengo, pero por dos cuyes me dan un conejo.

—¿Chancho tiene? —pregunto.

—Dos —responde Petronila.

—No los he visto —digo.

—Porque viven en el baño —dice ella.

—¿Pero los tiene por cariño o para comer? —pregunto.

—Las dos cosas —dice ella—. Primero me encariño y después me los como. Lo malo es que no cachan los chanchos.

Mercedes se ruboriza y se cubre la cara con las manos.

—Y como no cachan, no me los puedo comer, porque tienen que nacer chanchitos primero —prosigue Petronila.

—¿Pero está segura de que son macho y hembra sus chanchos? —pregunto.

—¡Pero cómo voy a saber yo esas cosas! —se indigna Petronila—. ¿Qué quiere, que les rebusque si tienen pichula?

—No, pero si los dos son machos, tal vez por eso no se juntan.

—Si son machos los dos, ¡que cachen igual! —dice Petronila—. Yo ya estoy vieja y todo me da igual, oiga. Yo he visto cómo cachan los cuyes y le digo una cosa, para que vaya sabiendo: todos cachan con todos, macho con macho, hembra con hembra, no se respeta nada, al puro cacherío andan todo el día.

Mercedes y yo nos reímos, al tiempo que Petronila prosigue:

—Y por eso andan tan contentos los cuyes. No como usted y mi hijita, la gorda, ¿cómo era que te llamabas?

—Mercedes.

—Mercedes, sí, claro. No como ustedes, que cada uno duerme por su lado, ¿quién los entiende, caracho?

Luego golpea el piso con su bastón y anuncia:

—Vamos, vamos, que comienza la novela.

—Yo la dejo, señora, voy partiendo —digo.

—No, no, hijito, vamos a ver la novela, después te vas —ordena.

Los tres nos dirigimos a su cuarto. Ella enciende el televisor y se sienta en su silla a muy corta distancia de la pantalla. Mercedes y yo nos sentamos en la cama. Cuando comienza la telenovela, Petronila se frota las manos y dice:

—Todos estos blanquitos ricos son unas mierdas.

Me pongo de pie y voy al baño. Al entrar, me encuentro con dos cerdos bebiendo del inodoro. Me asusto y doy un paso atrás. Los chanchos me miran con indiferencia. Salgo del baño.

—Haz tus necesidades nomás, papito, que los chanchos son buenos y no te van a morder la pichula —me dice Petronila.

Vuelvo al baño y orino al lado de los chanchos.

45

Cuando termina la telenovela, Petronila estira el brazo y apaga el televisor con un golpe de bastón. Luego le pide a Mercedes:

—Anda al baño, mamita, y tráeme más papel higiénico para sonarme los mocos.

Durante la hora que ha durado la telenovela, no ha hablado con nadie, salvo con los protagonistas de la ficción, a los que ha insultado, halagado, amenazado y dado consejos, como si ella fuese parte de esa familia, y no ha parado de llorar en silencio, aliviándose la nariz cada tanto con el papel higiénico que le alcanzaba su hija, servicial. Curiosamente, los chanchos han salido del baño y se han sentado al lado de Petronila, mientras ella los acariciaba con ternura y les decía:

—Cómo les gusta ver su novela, chanchitos lindos. Miren nomás, a ver si aprenden a cachar, porque algún día me los voy a tener que comer.

Mercedes ha seguido atentamente los enredos sentimentales y en ocasiones ha parecido conmoverse con los padecimientos de la heroína, sobre todo cuando lloraba y maldecía su suerte con los hombres, momentos en los que ella le daba la razón, como hablando consigo misma:

—Así mismito es, todos los hombres son unas víboras, no les creas nada.

Yo he seguido en silencio la telenovela, recostado en la cama, que despide un olor a orina y cuy. Sólo en un momento me atreví a preguntar, cuando apareció un personaje masculino que trataba de seducir a la heroína:

—¿Ése es malo?

Petronila golpeó el piso con el bastón y gritó:

—¡Cállese la boca, huevón!

Naturalmente, no volví a decir una palabra. Fue Mercedes quien se atrevió a interrumpir a su madre cuando la escuchó soltar un gas ruidoso y prolongado:

—¡Viejita, no seas así, nos vas a matar a pedos! —dijo.

—¡Cállate, cojuda, no me dejas ver mi novela! —gritó Petronila.

Luego se permitió otra sonora flatulencia y dijo, muy seria:

—No soy yo, son los chanchos.

Mercedes se rió tapándose la boca y yo contuve una carcajada, pero Petronila siguió muy seria, hipnotizada por el televisor. Cuando terminó la telenovela, se puso de pie con dificultad y golpeó a los chanchos con su bastón:

—¡Fuera, fuera, ociosos de mierda!

Los cerdos volvieron al baño haciendo unos ruidos quejumbrosos.

—¡Esta Navidad me los como aunque no me dejen crías! —gritó Petronila.

Me puse de pie y anuncié:

—Bueno, chicas, tengo que irme.

—Vamos, que se va tu macho —le dijo Petronila a Mercedes.

—No es mi macho, es mi patrón —aclaró Mercedes.

—Tu ex patrón —añadí, saliendo del cuarto.

Cuando llegamos a la puerta de calle, me acerqué para abrirla, pero Petronila estiró su bastón y me lo impidió, diciendo:

—Mejor, ¿por qué no te quedas a dormir acá?

Sonreí, intimidado, y dije:

—Gracias, señora, me encantaría, pero no puedo.

—¿Por qué no puedes? —preguntó, acercándose más.

—Porque tengo que volver a Lima a trabajar.

—¡Mentiroso! —gritó—. Mi hija me ha dicho que tú no trabajas, que paras hueveando en tu casa nomás.

—¡Yo no he dicho eso, joven! —aclaró Mercedes, mortificada—. Yo le dije que trabaja en su casa.

—¿Sabes cocinar? —me preguntó Petronila.

—No —respondí.

—¿Sabes planchar?

—No.

—¿Sabes lavar a mano?

—No.

—¿Sabes limpiar el water?

—No.

—Entonces ¿qué mierda trabajas en tu casa, si no sabes hacer nada? —dijo—. Mi Mercedes es la que te hace todito, ¿no?

—Sí, señora, sin ella estaría perdido —dije, con una sonrisa.

—Ay, joven, tan bueno, cómo lo voy a extrañar —dijo Mercedes, y me abrazó.

Petronila nos miró con seriedad y opinó:

—Se ve clarito que están templados.

—Yo a su hija la adoro —dije.

—Ya, ya —dijo Petronila—. Pero ¿han cachado?

Mercedes se llevó una mano a la boca, abochornada.

—No, señora, qué ocurrencia —dije.

—Ya, ya —siguió Petronila—. No la quieres, entonces. ¿O eres rosquetón?

—No, no —me reí—. Me gustan las mujeres, pero tengo novia.

—Bien linda la novia del joven, la señorita Andrea —dijo Mercedes.

Petronila me lanzó una mirada flamígera y bramó:

—¿Así que le sacas la vuelta a mi hija, degenerado?

Luego me golpeó con su bastón en la cabeza, gritando:

—¡Fuera de mi casa, pingaloca!

Salí presuroso, esquivando los golpes, y Mercedes vino detrás de mí. Petronila quedó en la casa, mirándome con aspereza y hablando a solas. Abrí la puerta de la camioneta y abracé a Mercedes.

—¿Segura que quieres quedarte? —le pregunté.

—Segurísima, joven —dijo ella.

—¿No está demasiado loca tu madre para que te quedes a vivir con ella?

—Sí, pero es buena en el fondo y me hace reír.

—Te voy a extrañar, Mercedes.

—Yo también, joven.

—Te prometo que volveré pronto.

—Por favor, vuelva, joven. Acá lo estaremos esperando.

Nos dimos un último abrazo, los dos con los ojos llorosos, y oímos a Petronila gritar:

—¡Si van a cachar ahí en el descampado, mejor les presto mi cama, huevones!

Le hice adiós a Petronila, besé a Mercedes en la mejilla y subí a la camioneta.

—Joven —me dijo Mercedes, muy seria.

Bajé la ventanilla y ella me dijo, con los ojos anegados de lágrimas:

—Gracias por traerme. Recién ahora soy feliz.

Luego añadió:

—Un consejo quiero darte. Búscalos a tus viejitos. No puedes seguir así, peleado con tus papis. Búscalos y arréglate con ellos. Vas a ser más feliz, joven.

—Gracias, Mercedes.

Nos dimos un beso en la mejilla. Cuando partí y me alejé por ese camino polvoriento, me sorprendió que no pudiese dejar de llorar.

46

Todas las tardes llegaba a la librería de Andrea una señora muy elegante, ya mayor pero altiva, orgullosa, de porte distinguido, con un abrigo de piel, y se sentaba a tomar el té (pues la librería tiene su propio salón de té) con un libro que retiraba de los anaqueles de novelas importadas. Se quedaba leyéndolo como una hora, quizá un poco más, y luego volvía al lugar del que lo había sacado pero nunca lo dejaba donde correspondía, prefería esconderlo detrás de otros libros, quizá porque tenía miedo de que alguien se lo llevase y la privase así de seguir leyéndolo sin comprarlo. Había otros ejemplares de esa novela en la librería, pero, al parecer, la señora no quería que se llevasen ese ejemplar en particular, y por eso todas las tardes, después del té en la librería, lo escondía en los lugares más extraños. Andrea ya la tenía identificada, ya le conocía las mañas, así que apenas se marchaba la mujer elegante del abrigo, ella se reía buscando el libro y devolviéndolo al lugar en que debía estar.

Una tarde llegó la señora del abrigo de piel y buscó la novela, pero, como de costumbre, no pudo encontrarla en el lugar donde la había escondido, sino donde Andrea la había colocado luego. De pronto le cambió la expresión, se puso colorada. En lugar de ir a tomar el té, caminó hacia Andrea y le dijo, indignada:

—Mire, señorita, es una falta de respeto lo que hacen en esta librería.

—¿Por qué, señora? —le preguntó Andrea.

—Primero, porque nunca encuentro mi libro donde lo he dejado la tarde anterior —dijo ella.

—Pero no es su libro, señora, no lo ha comprado —le dijo Andrea, pero ella no la escuchó y siguió protestando:

—Y segundo, porque alguien ha tenido la desfachatez de quitar el marcador que había dejado en mi libro. Y ahora no sé dónde me quedé ayer, porque estoy mala de la memoria, ¿sabe?

—¿No está su marcador? —preguntó Andrea, tratando de no reírse.

—No, alguien lo ha sacado para fastidiarme —dijo ella, furiosa—. Y no hay derecho de hacerle esto a una dama de mi edad, ¿no le parece?

—Pero, ¿por qué mejor no compra el libro? —le dijo Andrea.

Ella la miró sorprendida y dijo:

—Porque no me conviene. Yo vengo aquí a leer y tomar el té. Ya bastante plata les dejo tomando el té todas las tardes, señorita. No me obligue además a comprarle el libro.

Luego se dio vuelta y comentó:

—Qué insolentes son estas chicas de ahora, por el amor de Dios.

47

Estoy tumbado en la cama de un hotel barato. La noche me sorprendió en la carretera y no tuve fuerzas para seguir manejando. Prefiero descansar y llegar mañana a casa. Me gustaría llamar a Mercedes, pero es imposible, no tiene teléfono en aquel cerro del norte donde ha decidido vivir con su madre. Me siento una mala persona a su lado. Soy un hijo rencoroso, mezquino, que no puede perdonar a sus padres y los juzga con severidad. Mercedes nunca le guardó rencor a su madre por venderla cuando era niña y abandonarla a su suerte. La siguió queriendo con la misma naturalidad con la que ahora se dedica a cuidarla. Admiro esa nobleza, esa incapacidad suya de guardar rencores. Yo no puedo ser así. Yo no perdonaré nunca a mi padre por torcer el testamento del abuelo y quitarme el dinero que me correspondía. Fue un acto abyecto, miserable. No puedo olvidarlo. No sé si debería aprender de Mercedes y quererlo a pesar de todo, quererlo con sus miserias y sus locuras, con sus trampas y sus horrores. Me gustaría ser como ella y aceptar a mis padres en su exacta dimensión humana, sin pedirles una conducta virtuosa o perfecta, exenta de errores y bajezas tan feas como la que precipitó la ruptura, el sucio despojo del que fui víctima. Pero no puedo. No sé perdonar. No sé liberarme del rencor y la rabia que todavía me consumen. Sin embargo, hay algo que, sin querer, Mercedes ha cambiado en mí. No sabría explicarlo, pero al verla tan feliz con su madre, sin pedirle disculpas o explicaciones por venderla de niña, tal vez he comprendido que, al no perdonar a mis padres, al seguir envenenado por el odio, soy yo mismo el que más daño se hace, soy la principal víctima, porque esa amargura lastra de un modo inexorable mi propio bienestar. Tal vez por eso, en un arrebato de nostalgia, levanto el teléfono e intento marcar, después de tantos años, el número de la casa de mis padres, pero no consigo recordarlo, pues ha pasado mucho tiempo y ya no sé cuál es el teléfono. Eso me entristece, pero más me apena pensar que quizá mi padre prefiere no volver a verme y que tal vez sea un alivio para él que la relación se haya interrumpido de un modo indefinido. Llamo a la operadora en Lima, le digo el nombre de mi padre y le pido el teléfono. No tarda en decírmelo. Lo apunto en un papel. Se me acelera el corazón cuando voy marcándolo. Espero con ansiedad sin saber qué quisiera decirle a mi padre. Apenas escucho la voz de mamá, cuelgo, asustado. Es la primera vez que escucho su voz en tantos años. Sigue teniendo esa vocecilla en apariencia dulce y sumisa, pero de una firmeza inesperada. Poco después, me encuentro llorando en el baño y me pregunto si el viaje con Mercedes y el reencuentro con su madre han agrietado una barrera en mí y han empezado a disolver el rencor que anida en mi corazón y me han hecho cuestionar lo que antes parecía incuestionable, la certeza de no querer ver más a mis padres.

48

Llego cansado a la ciudad. En un atasco infernal de autos, bocinazos, vendedores ambulantes que ofrecen libros y discos piratas y ladronzuelos que esperan el menor descuido para robar un reloj o un cartera, pienso que Mercedes fue sabia en quedarse allá, en las montañas, con su madre, lejos de este espanto de todos los días. Debería comprarme una casa en el campo y largarme yo también de esta ciudad tan odiosa, que con los años sólo se vuelve más sucia y violenta, más atroz, pienso, abrumado, con ganas de estar en mi casa y refugiarme allí de tanta fealdad irreparable. Sin embargo, me desvío. En lugar de tomar la autopista que conduce a los suburbios donde se halla mi casa, bajo a la vía expresa y me dirijo a los barrios residenciales cerca del mar, donde viví con mis padres cuando era niño. No pienso bien adónde voy, simplemente me dejo llevar por un instinto cuando me acerco al barrio donde ellos vivían cuando nos peleamos. No sé si todavía viven allí. Supongo que sí, pero ha pasado mucho tiempo y podrían haberse mudado. Podrían incluso haberse ido a vivir la mayor parte del tiempo al extranjero, como tantas veces dijo mi padre que haría, harto de la barbarie de esta ciudad. No les falta dinero para vivir en otro país sin renunciar a las comodidades y los privilegios que han tenido desde chicos, pero una corazonada me dice que no han cambiado demasiado sus amigos o su rutina de siempre: él, jugar al golf, almorzar en el club, dormir la siesta y jugar bridge a la noche con sus amigos, bebiendo sin moderación desde el mediodía, y ella, pasarse la mañana en cama, hablando por teléfono con sus amigas de cualquier chismecillo divertido pero nunca de algo serio o importante, asistir a la misa del mediodía en María Reina, almorzar con una amiga en casa o en algún lugar de moda, dormir la siesta con papá —o, en realidad, sufrir los ronquidos de papá—, hojear las revistas frívolas que compra sin falta en el quiosco de revistas importadas —su biblia es *Vogue* y la lee con devoción— y acompañar a papá a las sesiones de bridge con los amigos que no se pierden por nada en el mundo y que les llenan tanto el día. Sin el golf, el bridge y la misa diaria, ¿qué sería de sus vidas, cómo llenarían ese vacío aterrador? Por eso no se irán nunca a Miami ni se irán nunca. Voy manejando por el barrio en que crecí, esas calles tranquilas de San Isidro que llevan nombres de flores y árboles, entre la huaca y el hotel Country, cerca del club de golf, y me detengo a media cuadra de la casa de mis padres o de la casa que era de ellos, porque ahora ya no sé si viven allí. No ha cambiado nada: la inmaculada pared blanca, los balcones con vista a la calle, el jardín exterior minuciosamente recortado, la placa de bronce con el número 1267, el portón de madera en el que me despedí de mi padre hace diez años y le dije:

—Eres un ladrón y un hijo de puta.

Allí también, él me dijo lo último que me dijo:

—Hubiera preferido tener otro hijo.

Apago el motor de la camioneta y observo la casa a la distancia. Cierro los ojos, reclino el asiento hacia atrás y me quedo pensando, recordando. Poco después, escucho el ruido del portón automático abriéndose. Me incorporo, asustado, y alcanzo a ver un auto azul entrando en el garaje de la casa. Estoy seguro de que la persona que lo conduce es mi madre. Nadie la acompaña o eso me parece a la distancia. Se cierra el portón. Enciendo la camioneta y me alejo.

49

—Debes ver a tus padres.

Andrea está a mi lado en la cama y me habla con voz tranquila:

—Debes verlos antes de que se mueran.

Es lunes y, como todos los lunes, ha venido a verme después de su trabajo en la librería. Hoy no me ha traído un libro, sino un disco de regalo, uno de Calamaro que no tenía. A los dos nos encanta Calamaro.

—Quizá mi padre ya está muerto —digo—. Quizá sería mejor que estuviese muerto.

—No, es imposible, te hubieras enterado —dice ella, acariciando mi brazo, mirándome con ternura—. Lo hubieras leído en el periódico o alguien te lo hubiese contado.

—Tienes razón —digo, sin mirarla, los ojos perdidos en un punto incierto del techo—. Ese viejo de mierda no se va a morir nunca. Nos va a enterrar a todos.

Estamos desnudos después de hacer el amor. Yo no estoy tan desnudo como ella porque no me he quitado las medias y la camiseta. No me las quito cuando tenemos sexo. Andrea se resigna, aunque en ocasiones todavía se queja. Le parece atroz hacer el amor con medias. Ella se quita toda la ropa y las cosas que lleva puestas, incluso el reloj, la pulsera y una cadena que le regaló su abuela. Me gusta que se quite todo para mí y que se prepare tan cuidadosamente para la ceremonia del amor. Lamento no poder complacerla, pero soy un hombre lleno de manías y caprichos, y si me quito las medias, con seguridad pillaré un resfrío que luego le echaré en cara.

—No hables así —me dice—. Después de todo, es tu padre.

—Será mi padre, pero es un ladrón y se quedó con mi dinero.

—Sí, es un ladrón, pero ¿no lo vas a ver nunca más? ¿Realmente no quieres verlo nunca más?

—Sí. No lo merece. Mi castigo es no verlo más.

Nos quedamos en silencio.

—El problema es que a veces pienso que no es un castigo para él, que más bien le hago un favor —digo.

—No, no, estoy segura de que él te extraña, es tu padre, después de todo —dice ella—. Debe estar muy triste de que las cosas hayan terminado de esta manera, ¿no crees?

La miro a los ojos y le doy un beso. La amo. Es una mujer buena, y además lee y sobre todo roba libros de su librería para mí. Sé que siempre me amará. Aun si le dijera que he tenido sexo con otra mujer, creo que me seguiría amando.

—No sé —digo—. Si realmente quisiera verme, me buscaría. Si estuviera arrepentido de lo que hizo, podría darme el dinero que me robó. Sería muy fácil para él arreglar las cosas si quisiera.

Andrea me acaricia el pelo, juega con mis cejas pobladas, pasa sus dedos por mi nariz, toca suavemente mis labios. Le gusta pasar sus dedos por todo mi cuerpo, como si al hacerlo descubriera cosas y renovara un sentido de posesión sobre mí. Me gusta que me toque con tanta paciencia y delicadeza, como rindiendo un homenaje inmerecido a un cuerpo tan deplorable como el mío.

—Mi consejo es que vayas a verlo —dice—. Aunque terminen peleando a gritos. Al menos dile en su cara todo lo que piensas de él.

—Ya lo hice, amor.

—Pero ha pasado mucho tiempo. Tal vez ahora está arrepentido. Dale otra oportunidad.

—No puedo.

—No seas malo.

—Soy malo.

—No, no eres malo. Eres rencoroso, pero no malo.

—No puedo perdonarlo, Andrea. Lo que me hizo fue muy cobarde.

—Todos podemos hacer algo terrible, algo miserable. Todos. Tú también.

—Yo jamás le haría eso a un hijo.

—Yo tampoco, pero, bueno, es el padre que te tocó.

—Es una mierda. Ya no es mi padre.

—Es tu padre, tonto. Será tu padre siempre.

Nos quedamos en silencio. Ella me abraza y me besa en la mejilla. No sé qué me haría sin ella.

—Si él te pidiera perdón, ¿lo perdonarías? —me pregunta, acariciando mi frente.

Respondo sin dudar:

—No. El daño ya está hecho.

—Tienes que perdonarlo, amor.

—No puedo.

—Aprende de Mercedes. Aprende de ella. Esa mujer no sabe leer, pero es sabia. Ama a su madre por instinto. No la juzga. Le perdona todo.

—Es cierto. Me impresionó mucho eso.

—Sabe que ella es más feliz siendo así, amando a su madre por encima de todo.

—Sí, pero no creo que lo piense, es como un instinto que le sale natural.

—Por eso debes perdonar a tu padre.

—Ya te dije que no puedo.

—Sí puedes.

—No puedo. Crees que soy un hombre bueno, Andrea. Y no lo soy.

—No eres tan malo como quisieras ser.

—Soy mucho más malo que tú.

—En la cama, sí.

Nos reímos. Andrea se pone de pie y grita, dando un respingo:

—¡Una araña! ¡Han vuelto las arañas!

Luego salta de regreso a la cama y se ríe a mi lado.

50

Mentiría si dijera que ya no recuerdo los días en que mis padres cumplen años. Papá cumple a mediados de junio y mamá a principios de agosto. Antes de la ruptura, cuando cumplían años, me gustaba invitarlos a cenar al restaurante que eligiesen. Todo este tiempo sin verlos, he sentido una cierta tristeza en sus cumpleaños. Hubiera preferido olvidar las fechas, pero no lo he conseguido. También es verdad, aunque me dé vergüenza confesarlo, que, desde que nos peleamos, todos los años, el día de mi cumpleaños, he deseado secretamente que tuvieran algún gesto de cariño o aproximación a mí: un correo electrónico, una llamada, un mensaje a través de algún pariente o conocido. No sé si tendrán mi teléfono de casa —yo no uso celular, porque me da dolores de cabeza y presiento que me hace daño—, pero está listado en la guía y en información, de modo que no les sería difícil conseguirlo si lo quisieran. Me ha dolido sentir el silencio absoluto de mis padres por mis cumpleaños. Cada año que pasa sin recibir un saludo o un regalo de ellos, es un año que parece pasar más despacio, como si fuese un esfuerzo sostener este clima de animosidad y tensión entre nosotros. Lo mismo ha ocurrido en Navidades y Año Nuevo. No suelo hacer grandes celebraciones en esas fechas. Me quedo en casa, solo o con Andrea, preferiblemente solo, y escucho música tranquila, preparo algo simple para comer, me felicito de no estar entremezclado en algún tumulto bullicioso y me voy a la cama temprano, con la esperanza de dormir ocho horas y sentirme bien al día siguiente. Es inevitable, en Navidades y Año Nuevo, pensar en ellos, rememorar las fiestas que pasamos juntos con alegría, evocar las cosas que solíamos hacer en esas ocasiones: mamá, por ejemplo, escuchar música religiosa, villancicos insufribles que insistía en tararear y, peor aún, en hacernos tararear, y papá descorchar más botellas de champagne de las que aconsejaba la prudencia y conminarme a beber con él, como si beber juntos fuese un acto de camaradería masculina que lo hacía sentirse orgulloso de mí. No diría que extraño a mis padres al punto de estar descorazonado, reprochándome su ausencia, pero es cierto, aunque me cueste reconocerlo, que en sus cumpleaños, en el mío y en las fiestas de fin de año, pienso en ellos y maldigo el momento en que todo se fue a la mierda.

51

He pasado más de una hora viendo el álbum de fotos que me dio mi madre cuando, a los treinta años, me fui a vivir solo a un departamento alquilado. La mayor parte de ellas corresponden a mis primeros años, con énfasis en mis primeros meses, aunque hay también unas pocas de mi adolescencia y de ciertos viajes que hicimos juntos, mis padres, mi hermana y yo, cuando había terminado el colegio. Fue mi madre quien se ocupó de tomar esas fotos, pegarlas en el álbum y escribir debajo de ellas algún comentario o leyenda, dando cuenta de la fecha, el lugar y la ocasión que nos había reunido y, a veces, bromeando sobre algo. La foto que más me gusta de las que tengo con ella es una en la que aparecemos abrazados, en bañador, sonriendo con una alegría que no parece exagerada, en una playa de Punta del Este. Mamá sale muy guapa y delgada, con un bañador negro de una pieza, y yo luzco una sonrisa despreocupada y un cuerpo todavía presentable, con una pequeña barriga no tan abultada como la que llevo ahora. Es curioso, pero cuando me quedo mirando esa foto, recuerdo exactamente lo que me dijo mamá cuando mi padre se disponía a disparar la cámara:

—Respira hondo y mete la barriga todo lo que puedas.

Por eso, debajo de la foto, mamá escribió: «Escondiendo la barriga en Punta.» Con frecuencia, cuando alguien me toma una foto, algo que por lo demás procuro evitar, resuena en mi cabeza el eco de aquellas palabras juguetonas de mamá y termino haciendo lo que ella me aconsejó, disimular el tamaño de mi barriga.

Con mi padre tengo menos fotos que con mamá. Hay una, sin embargo, que es, con diferencia, mi favorita. Mi padre, todavía joven, apuesto, con bigotes, musculoso, tiene los brazos extendidos hacia arriba y me ha lanzado al aire, y yo, con apenas dos años, según da cuenta mamá en la leyenda, sonrío extasiado, achinando los ojos, confiado en que papá me sostendrá al caer y luego me dará un abrazo y unos besos que raspaban un poco pero me hacían infinitamente feliz. Lo que me gusta de esa foto no es sólo la mirada de amor que me dirige mi padre, una mirada que con los años se fue enturbiando, avinagrando, sino especialmente la confianza ciega que tengo en que él me agarrará, en que no me dejará caer y lastimarme. Más de treinta años después, esa confianza se rompió. Papá retiró sus brazos y me dejó caer. Pero no hay ningún indicio o señal en esa foto de que un día me arrojaría hacia arriba y me daría la espalda.

52

Levanto el teléfono y marco el número temido. Después de tres timbres, contesta mamá.

—¿Aló?

Quedo en silencio.

—¿Aló? —repite.

Me atrevo a hablar por fin:

—Hola, soy yo.

Siempre me ha irritado la gente que saluda de ese modo, como si uno supiera automáticamente quién es aquella persona con sólo oír su voz, pero ahora me ha parecido excesivo decir mi nombre y he preferido poner a prueba a mi madre.

—¿Perdón? —dice ella—. ¿Con quién hablo?

—Soy yo, mamá.

Ella se toma unos segundos y dice con una voz que pretende ser alegre:

—Hijo, qué sorpresa, tanto tiempo sin saber de ti.

—Años, sí —digo, muy serio.

—¿Estás bien, amor? —pregunta ella, con la voz dulce de siempre.

Hacía tanto que mamá no me llamaba así, amor.

—Sí, sí, todo bien —digo—. Llamo porque...

—Sí, claro, te habrás enterado —me interrumpe ella.

No digo nada, espero a que me cuente.

—Tu padre está muy enfermo —dice, con voz grave—. Te estábamos esperando. Yo sabía que ibas a aparecer.

—¿Qué tiene? —pregunto.

—Cáncer —responde ella—. Un cáncer terminal al pulmón.

—¿Está en el hospital?

—No, ya volvió acá a la casa. Los doctores le dieron tres meses de vida, pero tu papá es un toro y ya aguantó medio año. Tú sabes lo fuerte que es él.

—Sí, claro.

Nos quedamos en silencio.

—Te estamos esperando —dice, con una voz afectuosa.

No digo nada, no sé qué decir.

—Tienes que venir a acompañar a tu papi en sus últimos días —añade, susurrando, como si él estuviera cerca y ella no quisiera que lo escuchara.

—Entiendo —digo.

—Te está esperando con mucha ilusión. No quiere morirse así, peleado contigo.

—No sé si iré a verlo, mamá. Tengo que pensarlo.

—Hijo, te lo ruego, no seas tan orgulloso —dice ella, con la voz quebrada, al borde del llanto—. Te ruego que vengas. No dejes que tu papá se muera así, con esta tristeza tan grande de no verte.

—Lo voy a pensar, mamá.

—Por favor, ven, hijo. Te lo pido de rodillas. Olvida lo que pasó.

—Dale saludos a papá. Dile que llamé para saludarlo y desearle que se mejore.

—Gracias, amor. Así le diré.

—Chau, mamá.

—Chau, mi hijito lindo. Ven mañana, ¿ya? Te voy a preparar tu torta de chocolate con helados que tanto te gusta.

Cuelgo. Me echo en el sillón de cuero. Me alegro de haber llamado a tiempo.

53

Un hombre viejo, de barba y anteojos, llegó a la librería de Andrea, se dirigió resueltamente a la caja, sacó un libro y dijo:

—Quiero que me devuelvan mi plata.

Sorprendida, Andrea le preguntó:

—¿Qué plata tenemos que devolverle, señor?

—La plata que gasté en comprar este libro malísimo en esta librería —dijo él, muy serio, sin levantar la voz.

—Aquí no se pueden devolver los libros, señor —le dijo Andrea—. No es política de la librería devolverle el dinero al cliente si el libro no le gusta.

—No me importa si es política o no es política de la librería —dijo él—. Yo compré este libro por culpa de ustedes y ahora quiero que me devuelvan mi plata.

—¿Por qué por culpa nuestra? —peguntó Andrea.

—Porque yo le pregunté a una de sus vendedoras si esta novela era buena y ella me dijo que sí, que me la recomendaba mucho, que era excelente.

Andrea no dijo nada. El tipo de barba continuó:

—Y la novela es una mierda, oiga usted.

—Cuánto lo lamento —dijo Andrea—. Pero no podemos devolverle el dinero.

—O me devuelve mi plata o les meto un juicio por daños y perjuicios, señorita —dijo él.

—Bueno, está bien, vamos a hacer una excepción, tratándose de usted —dijo Andrea—. La verdad es que a mí también me parece malísima esta novela, así que vamos a devolverle su plata, pero sólo por esta vez.

54

Estoy borracho. He tenido que tomar una botella de champagne para tener el valor de hacer lo que estoy haciendo: tocar el timbre de la casa de mis padres. Me juré que no volvería a verlos, que los privaría de mi compañía aunque estuviesen enfermos, desahuciados, sollozando por verme, que nunca más pisaría esta casa de la que me fui indignado diez años atrás. He deshonrado ese juramento y en cierto modo me avergüenzo de ello, y quizá por eso estoy borracho. Soy menos fuerte de lo que pensaba. He venido a ver a mi padre por última vez, por una sola y última vez, pero no porque lo quiera o porque pueda perdonarlo, sino porque me da miedo que se muera y me arrepienta de no haber tenido la dignidad o la cortesía de hacerle una visita final, más allá del rencor, que tal vez le permita morir con serenidad o sin la angustia de sentir que sigo odiándolo. Es un acto de piedad y compasión hacia él, pero especialmente hacia mí mismo. No diré ni haré nada que sea deshonesto, no le diré que lo he perdonado o que lo quiero, ni menos le pediré que me perdone. Sólo le preguntaré cómo está, cómo se siente, y le diré que lamento verlo mal y que espero que pueda recuperarse. Es decir, será una visita distante, cortés, que, sin ignorar nuestras diferencias, me permitirá quedar bien con mi conciencia y darle, si acaso, una lección de corrección y nobleza.

Toco el timbre y me asaltan unas ganas de salir corriendo. No puedo ser tan cobarde. Me quedo de pie, esperando. Sería bueno que no estuvieran en casa. Sería bueno que nadie abriese. Así podría sentir que vine, que cumplí con mi conciencia, pero que el azar decidió que no viese a mi padre una última vez.

No debí haber tomado la botella de champagne. Casi nunca tomo. Me cae mal el alcohol. Estoy lento y aturdido, tengo la boca pastosa, me siento débil. El alcohol me vuelve débil.

La puerta se abre y es mi madre, que me mira con un gesto de sorpresa y se paraliza un momento, emocionada, sin saber qué hacer o decir. Está mucho más vieja y demacrada de lo que la recordaba. Ha adelgazado, se ha llenado de canas y arrugas, luce algo encorvada, pero sus ojos preservan la misma firmeza de siempre.

—Hola, mamá —le digo, y permanezco de pie, sin dar un paso.

No sonrío y ella tampoco sonríe y me mira, escudriñando minuciosamente los efectos que estos diez años han tenido sobre mi rostro.

—Hola, amor —dice, con una serenidad que me sorprende—. Gracias por venir, te esperábamos.

—De nada —digo secamente.

—¿No vas a darme un abrazo? —pregunta con ternura.

—No sé —digo—. He venido sólo a visitar un ratito a papá.

—Tú siempre tan orgulloso —dice ella, y se acerca a mí—. Ven, dame un abrazo —añade, y me abraza, mientras yo permanezco erguido, distante, los brazos caídos, dejándome abrazar pero sin corresponder para nada ese gesto de afecto.

—¿Cómo está papá? —digo, con alivio, cuando se separa de mí.

Mi madre está llorando. Saca un pañuelo blanco y seca las lágrimas.

—Pasa, pasa, se va a alegrar mucho de verte —dice, con la voz entrecortada—. Yo le dije que estaba segura de que vendrías, pero él pensaba que no. Le vas a dar una gran sorpresa.

Entro en la casa. Todo sigue igual, nada ha cambiado desde que me fui a gritos aquella tarde nefasta: la sala con los muebles blancos, impecables, la biblia de tapa verde en la mesa central, los paisajes que pintó el abuelo colgados en las paredes, el retrato de mi madre sobre la chimenea, la gran mesa de caoba en el comedor y, sobre ella, el candelabro de cristal, el armario con la colección de tacitas y cucharitas, el escritorio de mi padre con sus pipas y sombreros, las alfombras ya gastadas que sin embargo conservan el decoro, las fotos familiares, incluyendo la mía, cuando me gradué de la universidad, la sensación de que todo está demasiado limpio y ordenado, de que falta un poco de caos para que parezca verdadero.

—¿Quieres tomar algo, amor? —pregunta mamá, deteniéndose—. ¿Te sirvo una coca-cola, una limonada?

—No, gracias —digo, muy serio—. Sólo estoy de paso.

—Hueles a trago, hijito —dice ella, como me decía cuando yo era joven y volvía de mis primeras fiestas.

Al decirlo, hace una mueca de disgusto, tal como hacía entonces. Mamá no toma alcohol, detesta el alcohol, le cae mal.

—He tomado champagne para atreverme a venir —digo.

—Pero no hacía falta, amor —dice ella, mirándome con ternura—. En esta casa te adoramos, siempre eres bienvenido.

No digo nada.

—Estás igualito que siempre, la misma cara de niño bueno —dice ella, y me acaricia las mejillas.

—Gracias —digo, sin perder la formalidad.

Luego dice, bajando la voz:

—Amor, antes de subir al cuarto de tu papá, quiero decirte algo.

—Dime, mamá.

Se toma unos segundos, frunce el ceño, se pone nerviosa y consigue decir con cierta dificultad:

—Las cosas no fueron como tú crees. Tu padre no hizo nada malo. Tu abuelito, que en paz descanse, cambió su testamento porque así lo quiso, pero tu papá jamás haría algo contra ti, porque él...

—Subamos, mamá —digo, interrumpiéndola.

Me sujeta de la cintura, me mira con amor y dice:

—Por favor, no le digas nada de esto a tu papá, que él sufre mucho con estas cosas.

—No te preocupes, no le diré nada, sólo he venido a visitarlo.

—No se peleen más, amor —me dice, de nuevo llorosa—. Te suplico que le hables bonito, con cariño. Dile que lo quieres, que ha sido un buen papá. Mira que se está muriendo.

—Yo sé, no te preocupes.

—Si tú le hablas bonito, con cariño, seguro que se va a mejorar. Tú puedes salvarle la vida, mi hijito.

—Tampoco tanto, mamá. Subamos mejor.

—Vamos, sí.

Empezamos a subir las escaleras de madera, que crujen a nuestro paso, y ella se detiene y me pregunta:

—¿Quieres que los acompañe o prefieres que te deje solo con él para que hablen sus cosas con más libertad?

—Como quieras, mamá.

Terminamos de subir las escaleras, pasamos por el cuarto de la televisión, con las revistas de actualidad sobre la mesa y las bandejitas de plata con pasas, caramelos, nueces y frutas secas, y nos dirigimos por un pasillo alfombrado, en cuyas paredes cuelgan fotos familiares, a la habitación del fondo, la de mi padre. En otra ala del segundo piso, está la habitación de mi madre y su cuarto de oración. Hace muchos años, quizá veinte o más, que duermen separados. Mamá no soportaba los ronquidos de papá y sus desafueros sexuales y, siguiendo el consejo del sacerdote que la confesaba, tomó la decisión de hacerse un cuarto propio y dormir allí, algo que curiosamente mi padre aceptó sin enfadarse.

—Te va a impresionar verlo tan flaco y amarillento, amor —me dice—. Prepárate, porque está muy mal, te va a chocar.

—¿No será mejor que le avises que he venido para

estar seguros de que quiere verme? —pregunto, asustado.

Mi madre me hace una caricia en la cabeza y dice:

—No, no, si está loco por verte.

Luego entra en la habitación, que tiene una alfombra clara, color café, y yo la sigo. Un olor rancio, enrarecido, a vejez, a descomposición humana, a orín y sudor, me golpea de pronto y da náuseas. Luego me encuentro con un hombre tendido en una cama médica, los ojos cerrados y el aire ausente. Es un viejo, un viejo moribundo. Cuando me peleé con mi padre, todavía no era un viejo. Este hombre es mi padre, pero no es el que yo recordaba, el que yo odiaba: es un viejo maltrecho, que respira con dificultad, se ha llenado de arrugas en el rostro y ha perdido todo el pelo. Mamá tenía razón: lo que más me impresiona es su color verdoso, amarillento. Si me dijeran que está muerto, lo creería. También me conmueve verlo así, tan vulnerable. El papá que yo recordaba era un hombre fuerte, seguro, orgulloso. Éste no es mi padre, son los escombros de mi padre. Hice bien en venir. Está casi muerto.

—Mi amor, tienes visita —anuncia mamá, con voz temblorosa.

Papá sigue respirando con dificultad por la boca, haciendo un ruido molesto, y no abre los ojos ni da señales de haberla escuchado.

—Déjalo, está dormido —digo, susurrando.

—No, no, tiene que verte —dice mamá, con firmeza—. En cualquier momento se nos muere y no quiero que se vaya sin despedirse de ti.

Luego camina unos pasos, toca a su esposo en la frente con delicadeza y le habla al oído:

—Despierta, amor, ha venido tu hijo.

Mi padre abre los ojos, sobresaltado, y me ve al pie de su cama. Tras un silencio, habla con esfuerzo:

—Has venido —dice, con la voz quebrada, pedregosa.

Luego levanta su brazo derecho y lo extiende, como si quisiera darme la mano. Me acerco a su cama y le doy la mano.

—Hola, papá.

La suya está sudorosa y tiembla. Papá no solía darme la mano así. Sus apretones era tan fuertes y vigorosos que a menudo me dejaban la mano adolorida.

—Yo los dejo para que hablen tranquilos —dice mamá.

En seguida pasa a mi lado y me susurra al oído:

—Sólo dile cosas bonitas, por favor. Dale un beso, sé un buen hijo.

Mi madre sale del cuarto. Retiro mi mano de la de papá.

—Cuánto tiempo —dice él, mirándome de un modo compungido, como lamentando el tiempo que estuvimos peleados.

—Tiempo, sí —digo.

Se queda callado, como si quisiera decir algo pero no pudiera.

—Sólo quería visitarte para saber cómo estás —digo, para evitar el silencio que me angustia.

—Jodido —dice, y trata de sonreír, pero le sale una mueca triste.

Nunca había visto a mi padre así, desvalido, derrotado, sin fuerzas. Por primera vez, yo soy más fuerte que él. En mis recuerdos siempre fue todo lo contrario, él era el duro y combativo, el que no se rendía, y yo el más débil y melancólico.

—No te rindas, tienes que ponerte mejor —digo.

Me mira con cariño y se le humedecen los ojos.

—La estoy peleando —dice, pero en su mirada se advierte que él sabe que no podrá pelear mucho más, que está perdido.

—¿Te sientes muy mal? —pregunto, sin saber qué decir, cómo llenar los silencios de un modo amable sin rozar siquiera el tema prohibido, la razón de nuestra ruptura.

—Sí, he empeorado —dice—. Pero ahora me siento un poco mejor —añade, y vuelve a buscar mi mano, y se la doy.

No me suelta la mano, la aprieta débilmente, me mira a los ojos y dice:

—Hijo, han sido muchos años sin vernos, te he extrañado.

—Sí, han sido muchos años —digo.

No quiero llorar. No quiero romperme. Esta vez me toca ser fuerte. Debo ser más fuerte que él por una sola vez.

—Quiero decirte algo, hijo.

Me quedo en silencio.

—Algo importante —añade, y luego tose y hace un gesto de dolor.

—No te preocupes, papá, no tienes que decir nada, olvídalo —digo, porque me da miedo lo que pueda decir.

Me mira seriamente, con los ojos nublados por la tristeza, y dice, balbuceando:

—Hijo, las cosas no fueron como tú crees.

No sé qué decir, me quedo en silencio.

—Te juro —añade él, derrotado.

No sé si creerle, pero me conmueve verlo así, tan vulnerable.

—No te preocupes, papá, mejor no hablemos de eso —digo.

Sin embargo, mi voz delata el rencor que no cede, y tal vez mi padre lo advierte y por eso insiste:

—Yo no te quité nada, hijo.

Lo miro intensamente, con pena, porque no le creo y no quiero decírselo, y porque ya es tarde para seguir peleando.

—Yo no me quedé con tu plata —dice—. Tu abuelo solito cambió su testamento.

Luego tose, cierra los ojos, se convulsiona y escupe en un jarrón.

—Olvídalo, papá.

—¿No me crees? —pregunta él, los ojos llorosos.

No sé qué responder. Me quedo callado. Ese silencio me delata.

—Yo no te quité tu plata, te lo juro por Dios.

—Está todo bien, papá.

Vuelve a escupir y hace una mueca de dolor. Esta tristeza lo está matando. Debería irme. Mi presencia le trae malos recuerdos.

—¿No me crees, no? —insiste.

—Da igual —digo.

—No, no da igual —dice con aspereza, y ahora parece molesto, como recobrando las fuerzas.

—Mejor me voy, papá —digo, asustado—. Sólo quería visitarte.

—Dime que me crees —dice él, con amargura.

Me quedo en silencio y lo miro con un rencor antiguo, que no se va.

—Dime que me crees —insiste.

—Papá, no sigas, da igual, lo que pasó, pasó, ya es tarde para cambiar las cosas.

Me mira, decepcionado, y dice:

—Crees que soy una mierda, ¿no?

Me sorprende que esté tan molesto y me trate con esta dureza. Por eso hago acopio de valor y le digo:

—Creo que no debiste hacer lo que hiciste.

De pronto, se exalta, frunce el ceño, me mira con ferocidad y grita:

—¡Yo no soy un ladrón! ¡Yo no te robé nada!

Doy unos pasos atrás, asustado. Mi padre se estremece, tose y escupe. Está sudando.

—Me voy —digo, arrepentido de haber venido—. Espero que te mejores, papá.

Mi madre entra al cuarto. Ha escuchado los gritos y parece preocupada.

—¿Interrumpo? —pregunta, haciéndose la tonta.

Doy dos pasos, beso a mi padre en la frente y le digo:

—Adiós, papá.

—No te vayas —dice él, abatido.

Doy un beso a mi madre en la mejilla, sin poder ocultarle que estoy abrumado.

—Hijo, quédate un ratito más, no te vayas tan rápido —dice.

—Tengo que irme —digo, y salgo del cuarto de prisa.

—¿Vienes mañana? —grita ella, con cariño, mientras bajo las escaleras.

No respondo. Salgo a la calle. Subo a la camioneta. No veré más a mi padre. No debí haber venido.

55

Suena el teléfono de casa. No contesto. Espero a oír la voz para decidir si atiendo:

—Hijo, soy tu mami.

Me quedo de pie al lado del teléfono. Me hace gracia que mi madre diga que es «mi mami», como la llamaba de niño. Sonrío amargamente, sin la menor intención de hablarle. No quiero verlos más. Ya cumplí con visitar a papá y despedirme de él.

—Bueno, Julián, quería decirte que tu papi ha amanecido muy mal y no hace sino reclamarte, todo el día pregunta si vas a venir, y yo quería pedirte por favor que...

—Hola, mamá —digo, tras levantar el teléfono.

—Ay, qué susto, pensé que no estabas —dice ella—. Y yo hablando como una tonta. ¿Cómo estás, amor?

—Bien, bien —digo, secamente.

—No tengo que decirte la gran alegría que nos diste ayer con tu visita —dice, con una voz dulce.

—Gracias.

—Lástima que te fuiste tan rapidito, tú siempre andas tan apurado —me reprende, cariñosa.

—Lástima, sí —me hago el tonto.

—Amor, estaba dejándote un mensajito para que sepas que tu papi...

—Sí, ya escuché —la interrumpo.

—... quiere verte hoy mismo, todo el rato pregunta por ti, tiene mucha ilusión de que le des una visita para que sigan su charla y se pongan al día —continúa ella, como si no notase mi brusquedad, haciéndose la distraída.

Mi madre es así, una mujer astuta y calculadora que, para despistar, finge ser tonta, pero siempre sabe bien lo que quiere y, por lo general, lo consigue.

—Mamá, no sigas —la corto—. No voy a volver a tu casa.

Se instala un silencio breve, opresivo.

—Amor, tienes que venir —insiste ella—. Tu papi está angustiado.

—Olvídalo, mamá.

—Te lo ruego de rodillas —se le quiebra la voz.

—No hace falta —sigo firme—. Ya fui. Fue un espanto. Me arrepiento.

Mamá carraspea y reúne fuerzas para decirme:

—Todo iba tan bien, ¿por qué tenías que volver a pelearte con él por esa historia vieja?

Ahora su voz no es mansa y sumisa, sino que está tensada por una crispación, por una furia latente.

—Fue un error ir a tu casa —digo.

—¡No digas eso! —grita ella—. ¡Es tu padre que se está muriendo! ¡No lo has visto en diez años! ¡No puedes ser tan inhumano!

Me quedo en silencio. Cuando mi madre grita, es mejor callar. De inmediato, recobra los modales y consigue hablar con la voz suave y modosa de casi siempre:

—Bueno, mi hijito lindo, cáete un ratito por la casa, que te estamos esperando con ilusión.

No digo nada.

—No te demores mucho, amor, que tu papi está muy mal.

Silencio.

—¿Vas a venir hoy para ir preparándote un lonchecito?

—No, mamá, no me esperes.

Ella suspira y levanta la voz, angustiada:

—¿No te das cuenta que sólo tú puedes salvarlo?

No sé qué contestar, me quedo callado.

—Si no vienes, lo vas a matar de la pena —añade.

—Gracias por llamar, mamá —digo, molesto.

—Te esperamos, amor —dice ella, y cuelga.

56

Ha oscurecido. Estoy leyendo en mi estudio. El perro del vecino no para de ladrar. Necesito matarlo. Conseguiré un veneno eficaz, lo rociaré discretamente en un pedazo de carne y se lo daré a comer, arrojándolo sobre la pared cuando el vecino haya salido. El maldito perro me despierta a cualquier hora con sus ladridos. No es justo. Alguien tiene que velar por la paz del vecindario. No desmayaré hasta acabar con ese perro. ¿No se da cuenta el estúpido del vecino de que su perro es una pesadilla para todos los que tenemos el infortunio de vivir a su alrededor? Amo los animales, a condición de que no hagan ruido y no molesten. Ese perro debe morir.

Cuando yo era niño, mi padre no tenía compasión con los perros que se metían en nuestra casa de campo. Eran perros chuscos, callejeros, que venían a la casa buscando comida o atraídos por alguno de nuestros perros. Mi padre era cruel con ellos. Se alegraba de un modo extraño, perturbador, cuando los veía merodear en su territorio, y no vacilaba en sacar la escopeta con silenciador y dispararles a sangre fría. Yo vi a papá dispararles a cinco perros. Los mató a todos, pues tenía buena puntería y armas modernas. Pero con el último que mató se metió en problemas, porque no era chusco, era un perro pastor alemán del señor Loredo, uno de nuestros vecinos, y cuando se dio cuenta de eso, le ordenó a Julio, el jardinero, que lo enterrase de inmediato y que, si venían a preguntar por él, negase lo que había ocurrido. El propio señor Loredo vino buscando a su perro. Era un hombre rico, poderoso, respetado en el vecindario. Sabía que mi padre vivía obsesionado con las armas de fuego. Papá negó todo con sangre fría. Estoy seguro de que el señor Loredo no le creyó. Entonces yo pensaba que mi padre era malvado con los animales. No entendía cómo podía matar perros, gatos, palomas, liebres, colibríes, lagartijas, cualquier animal que se moviera cerca de él, azuzando su instinto depredador. Ahora lo entiendo mejor. Si tuviera una escopeta con silenciador, le pondría tres balazos en el cuello al perro del vecino. Si mi padre estuviera sano, lo contrataría como sicario. Es curioso, pero con el tiempo me descubro pareciéndome a él en cosas que me sorprenden, por ejemplo, en esto, en el odio ciego al perro del vecino y en la determinación de matarlo.

57

Andrea reconoció a ese hombre que se paseaba lenta, sigilosamente por la librería, como si algo lo molestase pero tuviese que disimularlo, como si estuviese tramando una delicada conspiración. Era un escritor no muy conocido, que había publicado algunas novelas tristes, melancólicas, incomprendidas, unas novelas que a duras penas habían vendido doscientos o trescientos ejemplares, pero que a ella le habían gustado mucho. Sin acercarse a él, sin mirarlo demasiado, haciéndose la distraída, Andrea advirtió que el escritor al que el éxito le había sido esquivo merodeaba alrededor de sus propios libros, que estaban confinados en la mesa de saldos y liquidaciones, allí donde iban a morir los títulos que no habían gozado del favor de los lectores. De pronto, el escritor cogió un par de sus libros, echó una mirada discreta para asegurarse de que nadie estuviese vigilándolo, los llevó a la mesa de los libros más vendidos, y los colocó encima de los títulos que tal vez detestaba en secreto, los de sus enemigos, los autores más populares, aquellos que vendían decenas de miles de ejemplares. Andrea no le dijo nada, no quiso interrumpir ese precario momento de revancha o felicidad que el escritor se había concedido a sí mismo. Le pareció justo que esos libros estuviesen por fin allí, en la mesa reluciente de los triunfadores, por encima de otros que se vendían muchísimo pero que ella encontraba deplorables, aburridos, de dudosa calidad. Luego el escritor volvió a la mesa de saldos, donde agonizaban otros libros suyos, y repitió discretamente la operación. Cuando Andrea lo vio marcharse, creyó ver que el escritor sonreía, algo desusado en él.

58

Tocan el timbre. Me acerco perezosamente. Sé que no podría ser Mercedes y eso me entristece. La echo de menos. Todo era más divertido con ella en la casa. Debería ir a visitarla. Me pregunto qué será de su vida.

Abro la puerta. Un hombre negro, en camisa y corbata, ya mayor, de porte sereno y distinguido, me pregunta con respeto:

—¿El señor Julián Beltrán?

—Sí, soy yo —respondo, intrigado.

Extiende su brazo y me entrega un sobre blanco.

—Su señor padre le envía esto —dice, con expresión grave.

—Gracias, muy amable —digo, y nos damos la mano y se marcha en un auto oscuro.

Entro en la casa, cierro la puerta y abro el sobre blanco. Trae una carta para mí. No reconozco la caligrafía, que parece débil y confusa. Leo con sobresalto: «Necesito verte. Por favor, ven. Creo que mañana me voy a morir. Tu papi.»

Cuando leo esa palabra escrita por él, «papi», me invaden recuerdos enternecedores: a mi padre llevándome al colegio, dándome todas las mañanas un dinero secreto a escondidas de mamá para que me comprase cosas ricas en el quiosco, contándome sus hazañas con animales salvajes en safaris africanos; a mi padre firmando mi libreta de notas para que mamá no se enterase de que me habían desaprobado en religión y matemáticas, siendo bueno conmigo en tantas ocasiones que ahora aparecen con nitidez en mi memoria. Al ver esa palabra escrita con letra vacilante, siento que ese hombre que se está muriendo es todavía mi papi y que sería bueno poder decirle, antes de que se vaya: «Te quiero, papi.»

Sería bueno, pero no voy a poder.

59

Han pasado tres días y no he respondido a las llamadas telefónicas de mi madre, cada vez más apremiantes, ni a la carta de mi padre. Abrumado por esa guerra familiar, casi no puedo moverme. Una sensación de apatía y abatimiento se ha apoderado de mí, hundiéndome como un lastre de peso insoportable. No hago nada. No salgo a correr ni me siento a escribir ni me baño siquiera. Pienso obsesivamente en mi padre. Se entremezclan la rabia y el vago cariño que, muy a mi pesar, todavía siento por él. Me quedo en la cama todo el día, esperando avergonzado a que suene el teléfono y mamá me diga que mi padre ha muerto y me culpe de ello. Por momentos siento que me estoy muriendo yo también, que nos estamos muriendo los dos, mi padre y yo, incapaces de perdonarnos.

Suena el teléfono. No me muevo de la cama. Al tercer timbre, escucho una voz débil, cavernosa, que reconozco de inmediato:

—Tu mamá me ha dado este número. Soy yo, tu padre. Hijo, no me hagas esto. No me queda mucho tiempo. Me estoy muriendo. Por favor, te ruego que vengas. Nunca te he rogado nada, pero ahora... te ruego... te suplico que vengas a verme. No me dejes morirme así, con esta pena tan grande. Tú sabes cuánto... cuánto te he querido siempre. Te espero. Ven cuando quieras. Bueno, hijo... te quiero mucho. Tu papi.

60

Son muy pocos los momentos graciosos que recuerdo con mi padre. En general, no ha sido nunca una persona ingeniosa, ocurrente, chispeante, con talante para reírse de sí misma. Papá es muy serio, siempre fue muy serio. No le gusta que le hagan bromas y no tiene una disposición natural para hacerlas. Lo que más le molesta es que mamá se permita algún comentario levemente burlón, haciendo escarnio de él. Ella tiene terror a sus miradas y represalias, y por eso suele reírse de él a sus espaldas.

Recuerdo, cuando era niño, que un domingo estábamos almorzando en casa, sentados a la mesa familiar, y mi padre, con toda naturalidad, soltó un gas. Fue un pedo sonoro y prolongado, que nos pilló por sorpresa a mi madre, a mi hermana y a mí. Papá no hizo el menor gesto y siguió comiendo, como si nada hubiera sucedido. Entonces ocurrió algo inesperado. Mi hermana, riéndose, gritó:

—¡Cochino, papá! ¡Te has tirado un pedo!

Mi madre y yo soltamos una risotada que duró poco, porque papá nos miró con ojos atrabiliarios y, muy serio, le dijo a mi hermana:

—No digas estupideces, que yo no me he tirado nada.

Mi hermana no se dejó intimidar y volvió a gritar, desaforada, juguetona:

—¡Mentiroso! ¡Te has tirado un pedazo! ¡Todos te hemos escuchado!

Luego nos miró a mamá y a mí, y nos reímos los tres hasta que papá dijo con gesto adusto:

—¡Ya basta! ¡Yo no me he tirado ningún pedo!

Sin embargo, todos sabíamos que mentía, y su rostro abochornado lo delataba de un modo notorio. Para mi sorpresa, mamá se envalentonó y dijo:

—Amor, reconoce tus pedos, no les mientas a los niños.

—¡Sí, papi, eres un mentiroso! —gritó mi hermana, con una sonrisa.

—¡Cállate la boca! —rugió papá, y golpeó la mesa.

Todos enmudecimos y el ambiente se tornó tenso, sombrío. No se dijo una palabra más del asunto. Mamá seguía riendo con el rostro cubierto por una mano, disimulando sus risas. Tenía un ataque de risa y no lo podía controlar. De pronto, ocurrió lo imprevisto: papá volvió a tirarse un pedo, esta vez más ruidoso y prolongado que el anterior, y todos empezamos a reír descontroladamente.

—¿Qué? —preguntó, enojado—. ¿De qué se ríen?

Era obvio que nos reíamos del ataque de flatulencias al que se había abandonado. No hacía falta decirlo.

—¿De qué se ríen, carajo? —gritó.

Mamá se levantó de la mesa y se fue riendo, sin poder controlarse, y mi hermana y yo la seguimos hasta su cuarto, y estuvimos los tres riéndonos tanto de papá que se nos salían las lágrimas.

Otro recuerdo divertido que tengo de mi padre es una mañana de verano en la piscina de la casa. Habían venido invitados. Nos acompañaban tres parejas amigas de mis padres, además de mi abuela materna, que nunca faltaba en las reuniones familiares y tenía la manía de meterse el dedo en la nariz, escarbando, rebuscando, hurgando, explorando sus fosas nasales de un modo tan persistente y descarado que ya resultaba gracioso, salvo para mi padre, que se ponía furioso cuando la veía metiéndose el dedo en la nariz delante de sus invitados. Papá la miraba como amonestándola, exigiéndole que no lo hiciera, pero la abuela se hacía la loca y no se daba por enterada. Ya era una mujer mayor, y a esas alturas no se dejaba intimidar por nadie. En un momento, papá, que había tomado bastante, no pudo con su genio y le dijo a la abuela:

—Francisca, por favor, deja de meterte el dedo en la nariz.

Hubo miradas de tensión e incomodidad entre todos, a la espera de la reacción de la abuela, que no se distinguía precisamente por su espíritu manso o sumiso. Ella miró a mi padre con desdén, sin retirar el dedo de la nariz, y dijo con su vocecita aguda:

—No me jodas, ¿ya?

Todos nos reímos mucho. No esperábamos que la

abuela respondiera de ese modo. Nadie le hablaba así a papá. Nunca había oído a la abuela decir una grosería. Papá se enfureció más y le dijo:

—¿No te das cuenta que es muy desagradable para todos ver cómo te metes el dedo en la nariz todo el santo día?

La abuela lo miró sin el menor remordimiento o vergüenza y dijo:

—Bueno, tampoco me lo estoy metiendo en el poto, ¿no?

Estalló la carcajada general. Indignado, papá se retiró con su trago en la mano.

También recuerdo que nos reímos mucho un día que estábamos celebrando el cumpleaños de papá al borde de la piscina, con muchos amigos, vecinos y familiares. Papá estaba borracho, pero no se le notaba tanto. No dejaba de coquetear con la tía Inés y mamá lo miraba con cara de indignación. En un momento, haciendo alarde de sus habilidades atléticas, papá dijo que podía subirse a un árbol y saltar desde una rama a la piscina. Sus amigos, no menos borrachos, dijeron que la empresa parecía peligrosa e intentaron disuadirlo, pero él insistió. Mamá no dijo nada, seguramente pensó: «Ojalá saltes del árbol y te saques la chochoca por andar coqueteando con mi hermana Inés en mis narices.» Mi padre apuró un trago más, subió al árbol sin dificultad, apoyando los pies en unas estacas de madera que habíamos clavado en forma de escalera, y anunció que saltaría. Luego imitó el grito de Tarzán y saltó aparatosamente sobre la piscina. Con gran habilidad, logró entrar de cabeza en el agua, pero entonces ocurrieron dos cosas tan cómicas como inesperadas: la primera, que, al meterse al agua, se le salió la ropa de baño, con lo cual toda la fiesta pudo ver el culo de mi padre; y la segunda, que un amigo suyo, seguramente porque había bebido mucho, se acercó a la piscina, recogió el bañador de papá, que estaba flotando, y la tiró hacia afuera. De pronto, mi padre estaba dentro del agua, desnudo, cubriéndose los genitales con las manos, y todos se reían a gritos. Papá no sabía qué hacer. Forzaba una sonrisa, porque no quería perder el control frente a sus amigos y hacer una escena de cólera e indignación, pero era obvio que estaba incómodo y que tenía ganas de partirle la cara al amigo que sacó su traje de baño del agua. Por fin, alguien le tiró de vuelta el bañador, y cuando estaba poniéndoselo con dificultad debajo del agua, una amiga de mamá, que también estaba algo borracha, gritó:

—¡La tiene chiquita, la tiene chiquita!

Todos nos reímos mucho. Papá trató de sonreír y disimular lo avergonzado que estaba. No puedo olvidar su cara cuando se quedó desnudo en la piscina y le dijeron que la tenía chiquita. Fue muy gracioso, sobre todo porque él no permitía que se rieran a sus expensas, y en esa ocasión no pudo evitarlo y tuvo que disimular la cólera y sonreír sin ganas.

61

Mamá siempre ha sido más extravagante que papá. Nunca pareció importarle demasiado lo que los demás pensaran de ella. Hace lo que le da la gana aunque lo haga mal, y si alguien se ríe de ella, le da la razón y se une a las risas. En esto ha sido siempre muy distinta a mi padre. Mamá tolera las burlas sin enfadarse y posee un sentido del humor del que su esposo carece por completo. Con mamá nos hemos reído mucho de papá, pero también de ella misma. Recuerdo, por ejemplo, los muchos tropiezos y percances que provocó por conducir tan torpemente cualquier automóvil, nacional o importado, mecánico o automático, suyo o prestado, que pasara por sus manos. El gran problema de mi madre era que confundía el pedal del freno con el del embrague. No sabía frenar ni hacer bien los cambios. De pronto quería pasar a segunda y daba un frenazo brusco o quería frenar y apretaba el embrague y seguía de largo. Esto, previsiblemente, originó muchos accidentes. Cuando vivíamos en un edificio de San Isidro, antes de mudarnos a una casa en los suburbios, mamá chocó y abolló casi todos los autos del estacionamiento, pues no lograba dominar el concepto del freno y destartalaba cualquier coche que tuviera enfrente, tanto que la junta de propietarios dictaminó por unanimidad que fuese impedida de entrar manejando al condominio, lo que motivó que mamá dijese:

—Son unos resentidos sociales. Lo que les molesta es que mi carro sea más lindo que los de ellos.

Cierta vez fuimos a visitar a una amiga suya. Mamá conducía su camioneta americana color verde oscuro y yo iba a su lado. En aquellos tiempos no era tan común usar el cinturón de seguridad, pero yo me lo ponía por si acaso, pues ya sabía que mamá no solía acertarle al pedal del freno. Cuando llegamos a la casa de su amiga, nos abrieron el portón automático. Mamá aceleró suavemente. Al entrar, se acercaron dos perros negros, peludos, de raza chow chow, y se plantaron delante de la camioneta, ladrando. La amiga de mamá y sus dos hijas pequeñas llamaron a los perros con gritos afectuosos. Mamá quiso entonces frenar, pero pisó el embrague y atropelló a los perros, que chillaron de un modo horrendo al ser aplastados. Uno murió en el acto, destripado, y el otro quedó gravemente herido, gritando de dolor. En ese momento no me reí, fue una escena terrible, pues las hijas de su amiga lloraban consternadas y mamá bajó de la camioneta desesperada, deshaciéndose en disculpas, pero cuando pasó el tiempo, cada vez que recordaba esa escena, a mamá atropellando a los perros de su amiga por no saber frenar, me reía mucho y ella se reía conmigo.

Cuando murió su padre, mamá estaba desolada. Era un empresario próspero, muy trabajador, al que ella admiró siempre. Le encantaba jugar fútbol y organizar asados con toda la familia. Una noche, después de Navidad, cayó fulminado por un infarto. El abuelo había dispuesto que lo cremasen y sus cenizas fuesen arrojadas al mar. Su voluntad se respetó celosamente. Aquella tarde, su familia más íntima se dirigió a La Herradura para arrojar sus restos al mar. Poco antes de llegar a la playa, la caravana de autos se detuvo. Mamá insistió en caminar por un muelle precario y, desde allí, echar las cenizas. La seguimos en silencio. Íbamos todos de negro: mi abuela; las dos hermanas de mi madre, que habían llegado del extranjero, una de Costa Rica y la otra desde Los Ángeles, con sus respectivos maridos e hijos; un medio hermano del abuelo, que era poeta y diplomático, y mi padre, mi hermana y yo. Cuando, caminando con cuidado, llegamos al pie de mar, mamá rezó en voz alta un padrenuestro y un avemaría, y todos nos unimos a ella. Aunque la muerte de su padre la había entristecido profundamente, en ese momento ella parecía estar en pleno dominio de sus emociones, ejerciendo una suerte de liderazgo familiar, pues sus dos hermanas carecían de presencia de ánimo para hablar o tomar decisiones y la abuela parecía devastada. Luego mi madre cantó una canción religiosa muy extraña, una de cuyas estrofas decía «pero mira cómo beben los peces en el río», y yo, con lo triste que estaba, me quedé pensando si acaso los peces realmente bebían en el río, y mamá cantaba muy triste «beben y beben y vuelven a beber» y la familia la seguía, compungida, salvo mi padre, que no cantaba nada y miraba a su esposa con cierto desagrado. Al terminar esa canción, mamá decidió que había llegado el momento de echar las cenizas al mar. Abrió entonces la urna en el infortunado momento en que una ventisca caprichosa se abatió sobre nosotros. Mamá echó las cenizas al mar y el viento las trajo de vuelta y las esparció sobre nosotros, y todos terminamos impregnados de lo que quedó del abuelo, los rostros plomizos, cenicientos, asqueados. Algunos incluso llegaron a tragarse las cenizas del abuelo y por eso escupían con tanta culpa como repugnancia. Fue un momento atroz. Pero luego, con los años, cuando lo recordábamos con mamá, nos reíamos, sobre todo porque papá decía:

—Por eso mi suegra es una ladilla y no deja de meterse el dedo en la nariz, porque las cenizas de su marido se le metieron por la nariz y las anda buscando.

62

Le he enviado un breve correo electrónico a mi hermana, contándole que papá está muriendo y preguntándole si vendrá a despedirse de él. En pocas horas, me ha respondido:

Gracias por avisarme. Ya sabía por mamá, que llamó el otro día. No, no iré a Lima. Ese viejo es lo peor y no quiero verlo nunca más. No me esperen en el entierro. Ya sabes que, cuando quieras venir por acá, te esperamos con cariño, aunque seas un ingrato y no lo merezcas. Escribe de vez en cuando para saber de ti. Besitos.

Será terrible que mi padre muera y ninguno de sus hijos vaya al funeral. Yo no tendré suficiente coraje para ir y desafiar las miradas reprobatorias de sus amigos o de los parientes que saben que mi padre y yo somos enemigos hace años.

Llamo por teléfono a mamá y le pregunto cómo está papá.

—Más delicado —dice, con voz grave—. Se ha empeorado. En cualquier momento se nos va.

Le pregunto si ha hablado con mi hermana.

—Sí, la llamo todos los días, pero casi nunca me contesta —se queja.

—¿Crees que va a venir?

—Se lo estoy rogando todos los días —suspira—. Pero me ha dicho que no la esperemos, que nunca va a perdonar a tu papi.

—Es una pena —digo.

—Qué hijos tan orgullosos me han tocado —dice ella—. ¿Vas a venir hoy, amor? —pregunta, con cariño—. Mira que tu papi te está esperando.

—No creo, mamá. Lo siento, pero no me esperen.

Ella se queda callada y dice:

—Cuando se muera, te vas a arrepentir por el resto de tu vida de haber sido tan malo con él.

Luego corta el teléfono.

63

Mi hermana tuvo peor suerte que yo. Papá no sólo la despojó del dinero que el abuelo quiso dejarle, sino que, como si eso fuera poco, dejó en ella una herida, las marcas de su vileza, de la que nunca pudo recuperarse del todo. Cuando ella tenía trece o catorce años y lucía ya el cuerpo de una mujer, mi padre insistía en llevarla a solas a sus clases de natación, a paseos en el campo, al cine, a comer. A menudo yo también quería ir, pero papá me lo impedía con pretextos absurdos. Lo cierto es que mi hermana y papá pasaban mucho tiempo juntos fuera de casa, algo que no parecía preocupar a mamá, pues ella pensaba que él tenía un cariño especial por su hija y por eso se prodigaba en tantos mimos y atenciones hacia ella. Desde entonces, mi hermana se volvió más retraída y silenciosa. Ya no jugaba conmigo como antes. Un aire turbio, conflictivo, envolvía su mirada, y algo, una barrera incierta, nos separaba. Un tiempo después, supe por mamá que mi hermana tenía problemas hormonales, que no le venía la regla o que le venía muy irregularmente. La llevaron a muchos doctores y no sé si la curaron del todo. También se quejaba de unos dolores en el estómago y en las piernas y los tobillos que no tenían explicación y que los médicos no conseguían aliviar. A mi padre lo trataba con una aspereza extraña. Lo más raro era que papá aceptaba esos malos tratos con una sumisión y una mansedumbre completamente inusuales en él. Cuando mi hermana terminó el colegio, se fue a estudiar a Berkeley, en las afueras de San Francisco. Desde entonces, la distancia con mis padres se hizo mayor. Sólo nos reuníamos en las Navidades y, con suerte, en algún cumpleaños. Yo sentía que había algo que ella me ocultaba. En una ocasión, viajó a Lima por las fiestas de fin de año y nos tomamos juntos, ella y yo a solas, en la terraza de la casa familiar, dos botellas de vino que robamos del bar de papá y, borracha como yo, me dijo, con una expresión de tristeza que partía su rostro:

—Hay cosas de mí que tú no sabes y que nunca voy a poder contarte.

Le rogué que me contase esos secretos, pero ella se mantuvo en silencio, y comprendí que algo terrible me ocultaba y quizá me ocultaría siempre.

Años más tarde se fue a estudiar una maestría a Montreal y allí se enamoró de un canadiense con el que se casó con sorprendente rapidez y con el que sigue casada. Mis padres no fueron invitados a la boda, y mi hermana, cuando me llamó a invitarme, no quiso decirme la razón por la cual los excluyó de la celebración, pues entonces todavía no había muerto el abuelo y desconocíamos la trampa que papá terminó urdiendo contra nosotros. Fue un casamiento sin valor legal o religioso, en una casa de campo, con sus mejores amigos y sin ningún pariente de la novia, con excepción mía. A pesar de que por entonces ya casi no tenía una relación afectuosa con mi hermana, pues muy rara vez hablábamos por teléfono, ella me invitó con cariño, y yo, no sin dudarlo, me animé a viajar y asistí a la boda. Esa tarde, algo borracha, todavía con su vestido de novia, ella me llevó a unos columpios debajo de un árbol hermoso y me preguntó con una sonrisa melancólica:

—¿Sabes por qué no invité a papá?

—No —dije.

Ella siguió columpiándose y dijo sin mirarme, como si dijera algo sin importancia:

—Porque cuando era chica abusó de mí.

Mientras me columpiaba con menos vigor que ella, quedé mirándola sin estar seguro de lo que había oído. Ella dijo entonces, siempre sin mirarme, los ojos clavados en el cielo diáfano, inspirador:

—Papá abusó sexualmente de mí.

Me quedé espantado, sin saber qué decir. Moví la cabeza, con vergüenza.

—Viejo de mierda —dije.

Ella sonrió como si ya nada le importase, como si todo eso fuese parte de un pasado que no le rozaba siquiera, y preguntó luego:

—¿Y sabes por qué no invité a mamá?

Quedé en silencio, aterrado, sin estar seguro de que podía tolerar tantas confesiones a la vez. Bella, descalza, el vestido de novia revoloteando con el viento, mi hermana dijo, meciéndose en el columpio:

—Porque ella lo supo y no hizo nada.

—¿Se lo dijiste y no hizo nada? —me indigné.

—Sí —respondió, con aire despreocupado—. Se lo dije y no me creyó.

Nos quedamos callados. Fue un momento de una tristeza abrumadora.

—Perdóname por no haberte ayudado —dije.

Ella sonrió y dijo:

—Pero si no sabías nada, tontito, ¿cómo ibas a ayudarme?

Le pregunté si su esposo lo sabía y me dijo que sí. Me sentí fatal. Comprendí la razón por la que no habían invitado a mis padres. Esa noche no pude dormir. Maldije a papá. Cuando abracé a mi hermana antes de irme al aeropuerto, rompí a llorar y le pedí perdón. Ella me abrazó con fuerza, pero no lloró.

Años más tarde, el abuelo murió y papá se quedó con todo el dinero. Mi hermana no pareció sorprendida cuando le conté lo que había ocurrido, el despojo del que habíamos sido víctimas. Desde su casa en Montreal, me dijo por teléfono, con asombrosa serenidad:

—Volvió a abusar de mí.

Luego fingió que se reía como si no le importase, pero yo sentí que estaba triste.

Nunca más volvió a Lima —no volvió desde que se fue a estudiar a Montreal— ni vio a mis padres. Puedo entender que no quiera regresar ahora que papá está muriendo. En su lugar, yo seguramente haría lo mismo. A mí, papá sólo me robó dinero, mucho dinero, pero a mi hermana, cuando era tan joven y vulnerable, también le robó el alma.

64

—

Andrea ama a los perros, a todos los perros. Desde muy niña, pasaba horas jugando y hablando con sus perros. Sobre todo hablando: les contaba cosas, les hacía promesas de amistad eterna. Ellos, sus dos perros ovejeros alemanes, *Capitán* y *Monroy*, eran sus mejores amigos. Andrea esperaba ansiosa que llegara el fin de semana para estar todo el tiempo con ellos. No le importaba perderse las fiestas de cumpleaños de sus compañeros de escuela ni le interesaba ir al cine o a comer a la calle o a comprarse algo: prefería estar sola con sus perros en el jardín, darles de comer, acariciarlos, hacerlos jugar, contarles cuentos que ella se inventaba y que estaba segura de que *Capitán* y *Monroy* podían entender. Andrea pensaba que su vida era distinta a la de sus compañeros de clase: mientras ellos disfrutaban de las comodidades de la ciudad y de sus lindos cuartos repletos de juguetes, ella, en cambio, estaba en una casa en el campo jugando con sus mejores amigos, los perros, y no necesitaba nada más para ser feliz.

Andrea sostiene que la boca relajada de un perro, ligeramente abierta, con la lengua apenas visible e incluso un poco extendida sobre los dientes inferiores, equivale a una sonrisa. Lo leyó no hace mucho en un libro, que los perros sonríen a menudo y no nos damos cuenta.

Andrea ama los ojos marrones de su perra *Frida*, y su hocico, que le parece una artesanía en cuero. Le encanta mirar los ojos de su perra y también pasarse horas mirando fotos de paisajes, de personas, de los perros que tuvo y murieron. A veces recuerda una respuesta que dio un fotógrafo cuando, a sus ochenta y ocho años, le preguntaron: «Y usted, ¿qué hace todo el tiempo?» Y él respondió: «Mirar.» Lo que más le gusta a Andrea es hacer eso mismo: mirar, mirar a su perra *Frida*, mirar a cualquier perro.

65

Sólo una vez, antes de que muriese el abuelo, le pregunté a mi madre si ella sabía que papá abusó sexualmente de mi hermana. Habíamos ido a tomar té a un hotel y de pronto tuve la urgencia de asaltarla con esa pregunta que la pilló desprevenida:

—¿Tu sabías lo que papá le hacía a Gabriela?

Mamá hizo un gesto de extrañeza, nublada la mirada, levemente temblorosos los labios, y preguntó:

—¿A qué te refieres?

Insistí con cierta brusquedad:

—¿Tú sabías que papá abusaba sexualmente de ella?

Mi madre hizo las cosas con un aplomo sorprendente: tragó con dificultad el bocado de torta de chocolate, dejó la cuchara en la mesa, se limpió la boca con la servilleta de tela y me abofeteó suavemente.

—¡Nunca más vuelvas a decir eso! —me advirtió.

—Pero Gabriela me ha contado que...

—¡Ésos son inventos de tu hermana! —dijo.

Luego bajó la voz:

—Tu hermana se inventa esas cosas para llamar la atención, para hacerse la víctima —dijo—. Eso fue lo que dijo el doctor Silva, que es un psiquiatra eminente, cuando la trató.

—Yo no creo que Gabriela se invente algo tan grave —dije.

—Vergüenza debería darte hablar de esa manera —dijo ella, mirándome con disgusto—. Tu padre es un hombre bueno, y jamás haría una cochinada así.

Luego bebió un poco de té con canela y dijo:

—Ésas son mentiras que se inventa tu hermana para fastidiarme la vida.

Mamá derramó unas lágrimas y le alcancé mi pañuelo, pero ella lo rechazó y prefirió secarse discretamente con la servilleta. Luego me miró con tristeza y dijo:

—Nunca más me hables de eso. Eso no ocurrió. Todo es un invento de tu hermana para llamar la atención.

Yo no le creí.

66

La noche en que mi hermana se casó y me contó en los columpios el secreto vergonzoso que me había escondido tanto tiempo, no pude conciliar el sueño y me sentí miserablemente. No sólo me repugnaba tener un padre tan sucio e innoble, sino que, peor aún, yo mismo me sentía tan sucio e innoble como él, pero esto no se lo dije a Gabriela, no se lo diré nunca. La verdad, aunque me dé vergüenza, es que cuando mi hermana dejó de ser una niña y se hizo mujer, yo, que era ya un adolescente, quedé deslumbrado por su belleza precoz. Nadie lo sabía, ni siquiera ella misma, pero sus encantos me hechizaron de un modo silencioso y cruel. Yo tenía apenas un año menos que ella y secretamente la deseaba, aunque nunca me atreví a decírselo. Pero vivía pensando en ella, mirándola con ardor, imaginando cosas prohibidas, espiándola cuando se cambiaba o se bañaba, tratando de hacerle unas caricias en apariencia distraídas, pero que, en realidad, expresaban esa turbia urgencia mía de confundir mi cuerpo con el suyo, de hacerme hombre a su lado. Nunca había visto una mujer desnuda, nunca había hecho el amor con nadie, y mi hermana era una dulce y venenosa tentación, un cuerpo prohibido y por eso mismo irresistible. Nunca pasó nada entre los dos. A veces, cuando ella dormía, me pasaba a su cama y me quedaba mirándola con ansiedad, pero nunca me atreví a tocarla, aunque sí me tocaba a su lado, deseándola de un modo inconfesable, como me toqué tantas noches insomnes, en la soledad de mi cama, pensando en ella, o algunas pocas veces en que la espié, desde la ventana del jardín, mientras se duchaba cantando. Fue un amor secreto, una pasión atroz y prohibida de la que nunca hablé con nadie, ni siquiera con Andrea, que seguramente me entendería si le contara este secreto. Por eso, cuando mi hermana me contó que papá había abusado sexualmente de ella, me sentí tan avergonzado. Porque me daba asco tener un padre así, tan traicionero, pero no podía olvidar, al mismo tiempo, que yo también había deseado a mi hermana y que, si no la toqué, fue por falta de valor y no de ganas.

67

Despierto angustiado. Soñé que papá se moría. Antes de expirar, me tomaba de la mano y decía con un amor quieto, limpio, sosegado: «Estuve esperándote, pero ya me tengo que ir. No te preocupes por no haber venido, yo te entiendo y quiero que sepas que no te guardo rencor. Eres mi hijo, mi único hijo, y siempre te he amado. Perdóname por no haber sido un buen padre. Sé que la cagué muchas veces, hijo. No me odies más, sácate ese veneno que tanto daño te hace. Compréndeme. Soy sólo un hombre y me equivoqué muchas veces por huevón, pero así es la vida. No debí quedarme con tu plata, fui un gran huevón. Ahora te la dejo con creces en mi herencia para que algún día sepas perdonarme. Lo hice porque mi papá me había jodido toda la vida y me jodía en el alma que al morir te dejase a ti la misma plata que a mí. No fue algo contra ti, entiéndeme, fue una cosa que hice por odio a mi viejo, por eso la cagué, porque el odio no me dejó pensar. Dile a tu hermana que la adoro y que nunca terminaré de arrepentirme por las huevadas que hice. Cuida a tu mamá, que es tan buena. Me voy. Te quiero mucho, hijo. ¿Te acuerdas cuando eras chico y me abrazabas y me decías que me querías? Lo único que hubiera querido ahora, antes de irme, es que me abrazaras y me dijeras "Te quiero, papi". Chau, campeón. Te estaré cuidando desde arriba. Y rézale a la Virgen para que me perdone por haber sido tan huevón.» En mis sueños, yo corría llorando para abrazarlo, pero no podía encontrarlo, no sabía cómo llegar a su casa.

68

Sólo una vez mis padres se separaron, pero la separación duró apenas una semana y luego mamá volvió a su casa como si nada hubiera ocurrido. Mamá nos contó que tuvo una discusión con papá y él le tiró una bofetada tan fuerte que la hizo caer al suelo y golpearse la cabeza.

—Lo peor no fue eso, sino que me vio tirada en el piso y ni siquiera me ayudó a levantarme —nos contó aquella vez, indignada.

Mamá hizo maletas, tomó un avión y se alojó en el departamento de mi hermana en Berkeley. Al llegar, me llamó por teléfono a Nueva York, donde estaba de visita, y me pidió que fuese a verla.

—He decidido separarme de tu padre —me dijo.

—Te felicito —dije—. Me parece una gran idea.

—Quiero saber si puedo contar con tu apoyo económico —me sorprendió, con voz firme—. Necesito dinero para pagar los abogados y sacarle un buen divorcio a tu padre.

—Cuentas con todo mi apoyo, mamá —dije.

Sin embargo, no fui a visitarla como me pidió ni le

mandé el dinero que me dijo que debía enviar para que estuviese tranquila y pudiese afrontar los costos legales del divorcio. Mi hermana me llamó furiosa y dijo:

—Eres un fresco. Yo no voy a mantener sola a mami.

—Mil disculpas —dije, abochornado—. Me olvidé. Mañana mismo les mando la plata.

Pero no mandé nada. Mamá y mi hermana tuvieron una pelea feroz porque mamá la acusó de haberse robado unas almohadas de plumas de su casa y cuatro tacitas de porcelana de su colección de miniatura. Mi hermana alegó que las almohadas las había comprado ella y que las tacitas de miniatura se las regaló mamá. Según la versión de mi hermana, mamá le tiró la almohada en la cara varias veces, insultándola, llamándola ladrona, y luego metió las tacitas dentro de su sostén y se marchó indignada al aeropuerto para tomar el primer vuelo a Lima. Según la versión de mamá, mi hermana le robó las almohadas y las tacitas de porcelana, entre muchas otras cosas, pues estaba segura de que también le había robado unos zapatos y un cinturón, y hasta ropa interior, y la echó de su departamento, insultándola, llamándola vieja loca y diciéndole que papá había hecho muy bien en tirarle una bofetada porque era una histérica y se lo merecía. Al parecer, mamá comprendió que si vivía con su hija tendría unas peleas aún más feroces que las que tenía con su esposo, de modo que regresó a su casa y olvidó el incidente de la bofetada con papá.

Sin embargo, nunca me perdonó que no le hubiese mandado el dinero que me pidió cuando se separó. Una noche, tiempo después, que estaba irritada con papá, me llevó a una esquina de la terraza de su casa y me dijo:

—Tú tienes la culpa de que yo siga viviendo con

tu padre. Si tú me hubieras ayudado, yo estaría separada de él. Pero eres tan egoísta como él. No: ¡eres peor que él!

Yo, que había bebido un par de copas y por eso estaba de ánimo risueño, le di un beso en la mejilla y me disculpé diciendo que debía ir a servirme un trago más.

—Eres tacaño como tu papá —me dijo, cuando me retiraba.

69

Estoy seguro de que mi padre tuvo varias amantes, pero yo nunca las conocí. En todo caso, fue discreto y cuidadoso con ellas, al punto que mamá nunca se enteró, o si se enteró fue todavía más discreta que él, porque yo no me enteré de nada. Sólo recuerdo dos momentos en los que comprendí que a papá le gustaban las mujeres de un modo irresistible y que su instinto de seductor era más poderoso que su amor por mamá.

Cuando yo era niño, un amigo de papá fue nombrado ministro de Justicia por el gobierno de los militares. Papá organizó un almuerzo en su casa de campo para celebrar el nombramiento de su amigo. Vinieron muchos políticos, empresarios y militares, además de varios ministros del nuevo gabinete. Yo me aburrí paseando entre las mesas de señores borrachos y señoras chismosas. Me pareció que los que más tomaban y más groserías decían eran los militares y que sus mujeres eran las más feas y peor vestidas. Papá tuvo el buen tino de sentar a su mesa a las mujeres más guapas, que no eran, por supuesto, las de los militares. Yo era pequeño, no tenía más de trece años, y por eso me movía con cierta libertad, sin que nadie me prestase demasiada atención. En algún momento, mi perra *Negrita* se metió debajo de la mesa de papá y yo me deslicé detrás de ella para darle de comer algunos bocadillos que había robado al pasar. Estaba dándole furtivamente algunos sanguchitos a *Negrita* cuando noté que la mano de mi padre acariciaba unos muslos que no parecían los de mi madre. Su mano se movía lentamente pero con destreza, tratando de entrar entre aquellos muslos esquivos, pero la mujer, que yo no sabía quién era, cerraba las piernas con suavidad, cortándole el paso. Cuando salí de la mesa, eché una mirada discreta y confirmé que la dueña de esas piernas estupendas y ese vestido colorado no era mamá, sino una señora a la que no conocía y que sonreía encantada, mientras mi madre, en otro rincón de la mesa, parecía aburrirse escuchando las cosas graves que decía su amigo el ministro.

Hubo otro incidente en el que confirmé, por si hacía falta, que mi padre era bastante inquieto con las mujeres, sin menoscabo del amor que podía sentir por mi madre. Yo tenía quince años y mi hermana había organizado una fiesta en la casa. Por un lado estaban los chicos y las chicas, bailando y divirtiéndose, y por otro lado se habían reunido algunos de los padres de esos jóvenes, que, como no bailaban, se dedicaban principalmente a tomar licores y hablar de política. Yo no tenía suficiente coraje para sacar a bailar a alguna de las amigas de mi hermana, que eran todas mayores que yo, y por eso me puse a tomar pisco sour con la esperanza de encontrar en ese trago legendario el valor que me faltaba para seducir a alguna chica. Lo que encontré, sin embargo, fue una borrachera tremenda y prematura: mucho más pronto de lo que pensaba, fui corriendo a uno de los baños a vomitar, pero, para mi desgracia, la puerta estaba cerrada y no podía aguantarme más. Esperé un momento, pero me venían las arcadas y ya no podía reprimirlas, así que toqué la puerta varias veces hasta que escuché la voz áspera de mi padre diciendo:

—¡Ocupado!

—¡Papi, soy yo, necesito vomitar! —grité.

—¡Aguanta el huaico, hijo, aguanta el huaico! —me dijo.

Sin embargo, no podía aguantar más. De pronto, papá abrió la puerta pero no del todo, como si escondiese algo, y yo entré bruscamente, sin pedir permiso, urgido por la desesperación de arrojar en el inodoro el incendio que llevaba en las entrañas, pero me encontré cara a cara con una mujer acomodándose el vestido que me impidió llegar a mi destino. Sin poder aguantarme más, vomité por todos lados, manchando a la mujer, que dio unos gritos de asco:

—¡Ay, ay, me buitreó encima el mocoso!

En lugar de enojarse, mi padre se rió, encantado, orgulloso de mí, y dijo:

—Borracho de mierda, has salido a tu viejo.

Luego le dijo a la mujer:

—Ven, flaca, vamos a otro baño para que te limpies.

Ella me miró con repugnancia, tapándose la nariz con los dedos, porque apestaba, y salió diciendo:

—Qué barbaridad, cómo chupan estos jóvenes de ahora.

Papá salió detrás de ella, metió su cabezota mientras cerraba la puerta y susurró:

—Tú no has visto nada, chiquitín. Ni una palabra.

Yo no le respondí porque estaba arrodillado frente al inodoro, vomitando.

70

He soñado con Mercedes. Había venido a visitarme inesperadamente. Estaba más gorda y parecía feliz. No dejaba de sonreír. Yo estaba en cama, enfermo. No podía levantarme. Ella me acariciaba en la cabeza con ternura, como si fuera mi madre. Sólo me decía: «Anda a verlo. Anda a verlo. Anda a verlo.» Yo me retorcía de dolor y trataba de explicarle que no podía perdonar a mi padre, pero ella me miraba con sus ojazos candorosos de lechuza y seguía acariciándome en la cabeza y la frente con unas manos grandes y algo rugosas, y me decía: «Anda a verlo. Aprende de mí.» Después de muchas caricias, yo me ablandaba y aceptaba ir a la casa de papá. Mercedes me llevaba de la mano. Yo tenía miedo, pero ella me calmaba con su mirada y me decía que todo iba a estar bien. Al llegar a la casa de mi padre, Mercedes me soltaba la mano y se despedía. Yo entraba a paso vacilante. La puerta estaba abierta. No había nadie. Llamaba a mamá, pero no aparecía. Aterrado, subía las escaleras. De pronto veía una larga hilera de hormigas subiendo por las escaleras. Venían de la cocina. Eran muchísimas y, para mi asombro, subían más rápido que yo. Las seguí con un creciente desasosiego. Marchaban disciplinadamente por el pasillo del segundo piso. Entraban al cuarto de mi padre. Yo entré con ellas. Entonces me acerqué a la cama y advertí que las hormigas subían al colchón donde yacía mi padre. Miré a papá. Estaba muerto, con los ojos abiertos y una expresión de horror, y miles de hormigas se comían el cadáver.

71

He salido de casa sin bañarme ni tomar desayuno. Necesito ver a mi padre antes de que muera. No quiero que se muera así, sintiendo que seguimos peleados y que me niego a verlo a pesar de sus súplicas. Le haré caso a Mercedes. Por algo se me ha aparecido en sueños. Esa mujer nunca leyó un libro porque no sabe leer, pero hay muchas cosas que podría enseñarme, y una de ellas es a perdonar.

Llego a casa de mis padres y toco el timbre. Me abre una enfermera. No sabe quién soy. Es una mujer joven, de quijada prominente, pelo negro y ojos saltones.

—¿Qué desea? —pregunta, con poca amabilidad.

—Vengo a ver a mi padre —digo.

—¿Usted es el hijo del señor? —pregunta, desconfiada.

—Sí —respondo secamente.

—En este momento está descansando, no puede recibir visitas —dice, sin abrirme la puerta del todo.

—Necesito verlo ahora mismo —digo, y hago el ademán de pasar, pero ella me bloquea el paso.

—Perdone, pero no tengo autorización de dejar pasar a nadie y la señora está descansando —dice con firmeza, manteniendo la puerta abierta sólo a medias.

—¡Soy su hijo! —digo, ofuscado—. ¡No necesito autorización para ver a mi padre, señorita!

—¿Cómo sé yo que es su hijo y no un ladrón? —pregunta ella.

—¿Tengo cara de ladrón? —pregunto.

—No he dicho eso, señor. Pero no tengo cómo saber que es su hijo. ¿Tiene un documento?

Rebusco en mis bolsillos, saco mi billetera y le muestro con brusquedad mi licencia de conducir, que ella examina cuidadosamente con un ojo bizco. Luego dice:

—Mil disculpas, señor. Pase adelante, por favor.

—Es el colmo que me pidan documentos para entrar a la casa de mis padres —me quejo.

Me dirijo de inmediato al segundo piso, pero la enfermera me dice:

—Señor, mejor espere a que el paciente se despierte.

—Ya, ya —le digo, malhumorado, sin mirarla, y sigo mi camino hasta el cuarto de papá.

Al entrar, un olor rancio, áspero, me repugna y estremece. Papá está en su cama, al lado de una ventana, con los ojos cerrados. Hay en su rostro una expresión de angustia y pavor, la expresión de alguien que tiene pánico a morir. Parece estar dormido. Respira con la boca abierta, con dificultad. Las manos están cerradas como si quisiera golpear a alguien con esos puños. Todo huele mal. Cuanto más me acerco a él, más siento el olor a descomposición de su cuerpo. Jalo una silla, me siento a su lado y me quedo mirándolo.

—No lo vaya a despertar, por favor —susurra la enfermera.

Doy vuelta y le dirijo una mirada furiosa, al tiempo que digo:

—No lo voy a despertar. Ahora salga de este cuarto y deje de joderme.

—Pero, señor, qué manera de...

—Fuera —le digo, sin subir la voz pero con los ojos llenos de rabia y desdén.

Ella sale del cuarto y junta la puerta sin cerrarla del todo.

—Perra de mierda —digo en voz baja.

Papá respira débilmente. Es apenas una piltrafa, un desecho, los residuos del hombre que fue. A su lado, en una mesa pequeña, hay un crucifijo, una imagen de la Virgen y varias estampas religiosas. En el pecho, sobre su camisa de dormir, lleva colgado otro crucifijo. Veo su mano ajada y temblorosa. No se ha sacado el anillo de casado. Toco su mano suavemente y dejo mi mano sobre la suya, que está más fría. Al hacerlo, lo despierto sin querer. Abre los ojos, asustado, y me mira con una expresión ausente, perdida, como si no supiera quién soy.

—Papá, soy yo —le digo, poniéndome de pie, sin retirar mi mano de la suya.

Entonces me reconoce, aprieta mi mano y dice con una voz apenas audible:

—Viniste.

—Claro, cómo no iba a venir —digo.

Se queda mirándome con ojos tristes. Yo lo miro con toda la compasión que me inspira verlo así, destruido, sin fuerzas, esperando la muerte con terror. Luego separa su mano de la mía y me hace un ademán para que me acerque más. Quiere decirme algo, pero no puede hablar. Me agacho levemente y acerco mi oído a su boca. Escucho su respiración débil y quebradiza, un hilillo de vida a punto de cortarse. Haciendo un esfuerzo, logra decirme al oído:

—Perdóname.

Yo retiro levemente mi rostro, lo miro a los ojos, conmovido, y le digo:

—No tengo nada que perdonarte.

Papá me mira con una pena terrible, como si estuviera desolado por la culpa, por el recuerdo de las cosas que hizo mal. No hay paz en sus ojos y eso me angustia.

—Perdóname tú a mí —le digo—. No he sido un buen hijo. Te pido perdón por eso.

Ahora estoy llorando, pero no me da vergüenza llorar frente a mi padre, porque esas lágrimas revelan cuánto sigo queriéndolo después de todo. Papá me hace de nuevo el ademán de que quiere decirme algo al oído. Me acerco y espero, y lo escucho batallar para encontrar dos palabras que finalmente consigue decir a duras penas:

—Te quiero.

—Yo también te quiero —le digo, y apoyo mi cabeza en su pecho, y siento su olor, su sudor agrio, su corazón fatigado, el crucifijo frío sobre mi mejilla.

Cierro los ojos y pienso en lo estúpido que fui al perderme a mi padre tantos años por una cuestión de dinero, un dinero que finalmente nunca necesité. Me levanto, beso su frente y le digo lo que, en mis sueños, él me pidió que le dijera:

—Te quiero, papi.

Se le humedecen los ojos. Me pide que me acerque una vez más.

—Chau, campeón —me dice al oído, y me estremezco, porque eso mismo me dijo esta madrugada cuando soñé con él.

Acaricio su frente, le doy un beso y le digo:

—Duerme. Voy a tomar desayuno y regreso en una hora.

Asiente, moviendo la cabeza levemente. Luego mueve la mano, señal de que quiere decirme algo más. Presuroso, llevo mi oído hacia su boca y escucho:

—¿Has visto el culo de la enfermera?

Me río, al tiempo que mi padre hace una mueca que pretende ser una sonrisa. Le doy un beso más y salgo de su habitación. Paso por el cuarto de mamá, pero la encuentro durmiendo y decido no despertarla. Bajo las escaleras. La enfermera está viendo las noticias en la televisión.

—¿No lo habrá despertado, no? —me pregunta.

—No, no se preocupe —le digo—. Pero suba en diez minutos a ver si necesita algo.

Salgo de la casa. Son las ocho y media de la mañana. Por primera vez en muchos años, siento que no odio a mi padre. Esa sensación de alivio se la debo a Mercedes. Si el destino no la hubiera puesto en mi camino, no estaría aquí, no habría podido decir esas palabras que vinieron desde la infancia y se llevaron ese veneno sutil que es el rencor.

72

Desayuno en el Country, el hotel más distinguido de la ciudad, aquel donde mi madre me traía de niño a tomar el té. Por suerte, hay poca gente y algunos de los camareros me conocen desde siempre y me saludan con familiaridad. Pido jugo de naranja, huevos con tostadas y ensalada de frutas. Me ofrecen café, pero declino. No tomo café ni ninguna bebida que contenga cafeína. No me gusta sentirme nervioso, sobreexcitado, y es así como me siento inevitablemente cuando tomo café.

Me traen el periódico. Hojeo los titulares sin mucho interés. Leo la página de defunciones. Estos últimos años abría el periódico con la esperanza de encontrar en ella una esquela anunciando la muerte de mi padre. Ahora siento vergüenza por haber sido tan ruin.

Pago la cuenta y vuelvo a casa de mis padres. Me quedaré toda la mañana con papá. Trataré de hacerlo sonreír. Luego almorzaré con mamá. Seguramente estará feliz de que me haya reconciliado con papá.

Llego a la casa y toco el timbre. Me abre la enfermera y me deja pasar. Veo entonces a mamá bajando las escaleras con el rostro desencajado.

—Hola —le digo.

Ella se detiene y grita, desesperada:

—¡Se murió!

Me quedo helado, sin saber qué decir.

—No puede ser, pero si yo...

—¡Tú tienes la culpa! —grita, y sigue bajando las escaleras—. ¡Tú lo mataste! ¡Tú tienes la culpa de todo!

Viene resueltamente hacia mí y me da una bofetada.

—¿Qué le habrás dicho cuando viniste más temprano, que ni bien te fuiste se murió? —grita—. ¡Seguro que le dijiste alguna maldad y el pobre no pudo aguantar más!

—¡No fue así, mamá! —me defiendo.

—¡No mientas, dime la verdad! ¿Qué le hiciste a tu papá?

La sujeto fuertemente de los brazos, la miro a los ojos y le digo:

—¡Cálmate! ¡Le pedí perdón! ¡Le dije que lo quería! ¡Nos perdonamos!

—Mentiroso —dice ella, bajando la mirada.

—Te lo juro, mamá —digo más suavemente—. No nos peleamos. Te juro que nos perdonamos.

Me mira a los ojos, llorando desconsolada.

—¿No me mientes? —pregunta.

—No. Te juro que no. Si hubiéramos peleado, no estaría acá de regreso tan rápido.

—Pero Azucena me dice que la trataste mal, que estabas molesto, que te fuiste regañando.

—¿Quién es Azucena?

—Yo, señor —contesta la enfermera, desde la puerta de la cocina, muy digna, cruzando los brazos.

—Váyase a la cocina, por favor —le digo, pero ella sigue ahí parada, desafiante—. Me molesté con ella porque no me dejaba ver a papá y yo estaba desesperado por verlo porque soñé esta madrugada que se moría —le digo a mamá.

Ella acerca su rostro a mi pecho y llora desolada.

—¿No se pelearon? —pregunta—. ¿Hablaron bonito, fuiste bueno con él?

Yo acaricio a mi madre en la cabeza, la abrazo y digo:

—Le dije que lo quería.

Mamá me mira con una tristeza muy grande y dice:

—¿Por qué te demoraste tanto en decirle eso, amor?

—Porque soy un tonto —digo.

—¿Y él, qué te dijo, qué fue lo último que te dijo?

Recuerdo entonces con una sonrisa las últimas palabras que me dijo papá: «¿Has visto el culo de la enfermera?»

No se las digo a mamá, por supuesto.

—Me dijo que me quería y me pidió perdón —digo.

Mamá suspira y dice:

—Al menos, murió en paz.

Desde el umbral de la cocina, Azucena me mira con recelo, como si yo tuviera la culpa de la muerte de papá.

73

Subo a solas. Entro aterrado al cuarto de mi padre. Me detengo al ver su cuerpo inmóvil al lado de la ventana. Pienso volver sobre mis pasos. No puedo ser tan cobarde. Me acerco a la cama. Papá está muerto y yo estoy a su lado, mirándolo con una extraña serenidad. Tiene los ojos cerrados, la boca entreabierta y una expresión de quietud y resignación en el rostro. Quizá murió tranquilo porque nos perdonamos. Quizá esperó a verme para morir. Eso me da un cierto consuelo. Al menos, llegué a decirle que lo quería. Al menos, nos despedimos con amor.

Mi padre es ahora un cuerpo viejo, arrugado, maloliente, en podredumbre. Mi padre es sólo una suma de recuerdos que nos dejó y este despojo humano que será menester enterrar antes de que llene la casa de la pestilencia que trae la muerte. Mi padre está muerto y curiosamente no me siento del todo mal.

Recuerdo cuando era un niño y me hacía el muerto al lado de papá. Sólo quería llamar su atención, que dejase de leer o ver televisión para jugar conmigo. Me tiraba en el piso y decía con voz plañidera, agonizante:

—Me muero, me muero.

Papá me miraba de soslayo, sonriendo, y yo seguía retorciéndome en la alfombra, fingiendo un dolor atroz.

—Me muero, papá.

Luego cerraba los ojos y me quedaba inmóvil, como si hubiese exhalado el último aliento. No me movía, no abría los ojos, me quedaba allí tirado, esperando.

—Qué pena, se murió mi hijo —decía entonces papá, y yo hacía grandes esfuerzos por no sonreír y mantenerme tieso.

Papá se acercaba a mí, arrodillándose, y decía:

—Vamos a ver si está muerto de verdad.

Luego me hacía cosquillas debajo de los brazos y en la barriga, y por mucho que yo trataba de no sonreír, estallaba en un ataque de risas y papá decía:

—¡Revivió, revivió, es un milagro, mi hijo revivió!

74

—

Con ayuda de la enfermera, he tenido que vestir a mi padre, a este cuerpo frío y maloliente, roído por la enfermedad, que ya no es papá. Primero lo hemos desnudado. Ha sido una impresión tremenda ver el cuerpo final de mi padre, este hombre estragado, empequeñecido, reducido a escombros. Hacía muchos años que no lo veía desnudo. Cuando era niño, solíamos ducharnos juntos, él primero y yo en seguida, de modo que, cuando él terminaba, dejaba el agua corriendo, le alcanzaba una toalla y, apenas salía, entraba yo en la ducha. Era un momento de confraternidad masculina en el que mi padre me contaba historias de su vida, me daba consejos, me enseñaba cómo defenderme de los matones del colegio, me prometía que ese año haría grandes negocios y nos llevaría de viaje a lugares estupendos. Mi padre estaba entonces lleno de vida y el suyo era un cuerpo ancho, fornido, musculoso, que había forjado en el gimnasio de casa y en sus años de nadador. Papá estaba orgulloso de su cuerpo. Le gustaba mirarse en el espejo y sacar músculos de sus brazos, mientras yo me duchaba y lo observaba con admiración. No queda ya nada de eso, del padre corpulento y altivo que tuve entonces, ahora es sólo estos huesos y estas arrugas, estos pellejos que dan asco. La enfermera le ha pasado algodones con alcohol por el cuerpo, limpiándolo una última vez. Luego le hemos puesto calcetines y calzoncillos, una camisa blanca con sus iniciales, un traje negro y una corbata del mismo color. He mantenido la calma vistiéndolo, pero al hacerle el nudo de la corbata, he recordado con qué paciencia y ternura me enseñó a hacerme el nudo cuando fui a mi primera fiesta, a los catorce años, y me he emocionado haciéndole ahora el nudo por primera y última vez, tal como él me enseñó a hacerlo. Luego la enfermera lo ha peinado y rociado con perfumes y me ha ayudado a ponerle los zapatos. Nunca imaginé que vestiría a mi padre muerto. Ha sido una ceremonia extraña, terrible, inolvidable. Me ha llenado de culpa, por todos los años que lo ignoré, y de un orgullo tardío, por estar aquí, sin embargo, después de todo. Al terminar, la enfermera me ha dejado a solas con él. Paso mi mano por su mejilla. Está fría.

—Perdóname —le digo, y beso su mejilla helada.

75

Mi hermana no ha venido a los funerales. Mamá y yo la hemos llamado varias veces, pero, como suponíamos, no ha contestado el teléfono. A pesar de que le hemos dejado mensajes diciéndole que papá ha muerto y pidiéndole que venga al entierro, no hemos sabido nada de ella. Es una pena.

Papá dispuso que su cuerpo fuese enterrado en el mausoleo familiar, al lado de las tumbas de sus padres, en las afueras de la ciudad. No quería que lo cremasen. Decía riéndose que no quería correr el riesgo de que sus cenizas terminasen bañando nuestros rostros al pie de mar por culpa de una ventisca caprichosa, como ocurrió con las cenizas de su suegro, con quien siempre se llevó muy bien.

Al cementerio han venido muchos amigos de papá. No todos me resultan familiares. Conozco a algunos de ellos, los de toda la vida, pero hay muchos que me son extraños y que seguramente conocieron a mi padre mejor que yo en estos últimos años. Muchos de esos amigos de mi padre, señores elegantes, distinguidos, aunque ya desmejorados por el paso de los años, me miran ahora con menos compasión que rigidez, con una sorprendente firmeza, como si me amonestasen en silencio por haberme alejado de mi padre tanto tiempo y por aparecer ahora, ya tarde, cuando está muerto. No me miran con abierta hostilidad, pero hay algo en esos gestos, en esos saludos distantes, en esos severos apretones de manos, que revela, de un modo más o menos sutil, que los amigos de papá no me quieren, que me hacen reproches calladamente y que tal vez se alegran de no haber tenido un hijo como yo.

Mi madre se mantiene a mi lado, tomándome del brazo, encorvada, sin fuerzas, pero muy digna, y llora discretamente tras sus anteojos oscuros. En un momento, ha susurrado en mi oído:

—Qué bueno que estés acá. Tu papi está viéndote desde el cielo. Debe estar contento de ver que viniste a su entierro.

Un religioso vestido con una sotana negra, calvo, con anteojos, de rostro regordete y voz chillona, amigo de mi padre pero especialmente de mamá, dice que no debemos estar tristes, que debemos estar contentos, que papá está ahora en un lugar mejor, en un lugar maravilloso, en un lugar tan lindo que no podemos siquiera imaginarlo, que Dios ha premiado a mi padre llevándolo a su lado porque lo quería mucho, porque no quería verlo sufrir más, y que por eso no es una pena sino una alegría que papá se haya marchado de esta vida terrenal para gozar eternamente al lado de Dios y los ángeles, y que allí estará esperándonos, que allí nos reuniremos pronto con él. El religioso parece sinceramente contento de que papá haya muerto y sus palabras quizá traen alivio y esperanza a mi madre, que asiente, compungida pero valiente, al oírlas en boca de su amigo tan querido.

De pronto, el religioso anuncia que ha terminado ese breve discurso optimista y me pide que diga unas palabras en honor a mi padre. Mamá me mira, como si previamente hubiese acordado con su amigo el religioso que me pidiese hablar, y palmotea mi espalda, dándome ánimos. Quedo pasmado, sin saber qué decir, odiando a este cura impertinente que me obliga a hablar en el momento menos apropiado y que pudo haberme consultado si deseaba hablar ante los restos de mi padre. Pero ya es tarde, y la gente me mira esperando que diga algo. Respiro hondo y digo:

—Yo no sé si papá está en un lugar mejor. Yo no sé si estará disfrutando de la paz eterna.

El religioso frunce el ceño y me mira sorprendido. Los amigos de papá parecen ahora más rígidos y distantes que nunca. Mamá, sorprendida, me acompaña, sin embargo, con una mirada dulce. Quizá maldice el momento en que pensó que debía hacerme hablar, pero sabe que le corresponde mirar a su hijo con dulzura, y eso es exactamente lo que hace con una gran elegancia.

—Yo no estoy tan seguro de que volveré a ver a mi padre —prosigo—. Sospecho que no lo veré más. Me temo que después de esta vida no hay nada más.

Los gestos de fastidio e incomodidad se hacen ahora más evidentes. El religioso no oculta su decepción y lanza sobre mí la mirada de superioridad moral que reserva para los descreídos.

—Por eso estoy tan triste. Porque se fue y no lo veré más.

Hago una pausa y procuro reunir coraje para decir lo que siento que debo decir:

—Estos últimos años no vi a papá. Estuvimos peleados, distanciados, por un asunto que ahora me parece intrascendente.

Mamá me mira con intensidad, me toma del brazo, sabe lo difícil que me resulta decir todo esto:

—Fui un mal hijo. Fui arrogante. Juzgué a mi padre y lo condené. Me alejé de su vida. Me perdí sus últimos años. Nunca debí hacer eso.

Se me quiebra la voz, pero consigo terminar:

—Ahora te has ido, papá, y creo que no te veré más. Por eso, ante tu tumba, te pido perdón. Y te digo lo último que alcancé a decirte antes de que te fueras: Te quiero.

Un breve silencio corta la tarde como un cuchillo afilado. Bajo la cabeza, derrotado. El religioso comienza a decir unas oraciones incomprensibles. Mamá susurra en mi oído:

—Qué lindo hablaste.

Luego añade, aferrándose a mi brazo:

—Pero sí vas a ver a tu papi, amor. Está en el cielo, esperándonos.

76

Saliendo del cementerio, un señor rechoncho, de barba, hinchada y rojiza la nariz, se me acerca, me toma del brazo y me dice en voz baja, con aliento a trago:

—Tú no me conoces, pero yo jugaba golf con tu viejo todas las mañanas.

—Encantado —le digo, y aprieto su mano regordeta.

—Quiero decirte algo —dice, muy serio, mirándome por encima de las gafas oscuras, que se le caen un poco.

—Sí, dime.

—Tienes unos cojones blindados —dice, palmoteando mi espalda con excesiva virulencia—. Tienes los cojones de tu viejo.

—Gracias —digo.

—Me encantó lo que dijiste. Yo tampoco creo en esas huevadas religiosas. Estuvo de putamadre que dijeras eso. El cura casi se cae de culo. Tu viejo debe haber estado cagándose de risa en su tumba.

—Gracias —digo, sonriendo.

—Algo más —dice él, acercándose a mí, sometiéndome a su aliento agrio, espeso—. Tu viejo siempre me habló bien de ti. Todos estos años que no te vio, hablaba maravillas de ti. O sea que quédate tranquilo, muchachón, que tu viejo te quiso mucho.

Luego me da un abrazo tremendo, que casi me sofoca, y apenas me libera de sus brazos, dice, bajando la voz:

—¿Ves a esa señora ahí en la esquina?

Es una mujer de mediana edad, que no tendrá más de cincuenta años, muy guapa y elegante, que echa unas flores ante la tumba de mi padre, acompañada por un famoso peluquero de alta sociedad.

—Sí —digo, intrigado.

—Era la querida de tu viejo —me dice, al oído.

Luego sonríe, hinchando el pecho con orgullo, y dice en voz baja:

—Tu viejo fue bravo. Cómo le gustaban las hembras. Murió en su ley.

Se marcha caminando con las piernas chuecas y el aliento agitado. Mi madre sigue recibiendo las condolencias de amigos y familiares. Me acerco hacia la mujer guapa y el peluquero famoso. Me miran, sorprendidos. Le doy un beso a ella en la mejilla y le digo:

—Lo siento. Sé cuánto te quería mi padre.

—Gracias —dice ella.

Luego me abraza. Huelo su pelo. Huele a flores. El peluquero hace un mohín de tristeza y me dice:

—Mi más sentido pésame. Estuviste divino.

Luego me abraza y llora en mi pecho como si fuese la viuda.

—No hay justicia en esta vida —se lamenta—. Siempre se van los más buenos.

Lo consuelo, pasando mi mano por su espalda. Huelo su pelo. Huele a productos químicos. Miro a la amante de mi padre y pienso que siempre tuvo buen gusto con las mujeres.

77

Un escritor entró en una librería y, antes de detenerse a mirar los libros que podían interesarle, se dedicó a investigar minuciosamente si sus propios libros estaban allí, entre tantos anaqueles elevados, entre tantos títulos memorables y sin embargo olvidados. Aunque buscó y rebuscó con paciencia y tenacidad, no pudo encontrarlos, no pudo hallar una sola de sus novelas, ni siquiera la última, que había sido publicada recientemente, pocos meses atrás. Eso lo enfureció. Podía aceptar que sus libros no estuviesen exhibidos en las vitrinas y escaparates de moda ni figurasen en las listas de los más vendidos o en las que recomendaban los empleados de las librerías, pobres idiotas presumidos que a menudo favorecían a las editoriales más poderosas o a los autores populares que escribían cursilerías y recorrían los programas bobos de la televisión, pero le parecía ridículo, inaceptable, casi un complot contra él, que esa librería no tuviese uno solo de sus libros, que no existiese como escritor precisamente allí, en la librería más grande y hermosa de la ciudad. Sin poder contener la indignación, se dirigió a una mujer joven, guapa, de ojos tristes, y le dijo:

—Perdone la molestia, pero yo soy escritor, he publicado varias novelas y quiero saber por qué ustedes no tienen ninguna de mis novelas en esta librería.

La mujer se quedó sorprendida y, dándole la mano suavemente, le dijo:

—Encantada de conocerlo. Yo a usted lo he leído.

—No parece, porque es imposible encontrar mis libros acá —dijo él.

—Sí, es una lástima, le pido disculpas —dijo ella, mirándolo con intensidad.

—No me pida disculpas, haga algo, pida mis libros y téngalos en su librería, no es justo que me ignoren de esta manera, más aún cuando hace poco he publicado una nueva novela —dijo él, furioso, irritado, quizá porque no había dormido bien, o porque estaba a dieta y se moría de hambre, o porque hacía mucho que no estaba con una mujer.

—Sí, ya la leí, me encantó —dijo ella, con una sonrisa tímida—. Creo que es su mejor novela —añadió, y siguió clavándole esa mirada que él sentía tan dulce e inquietante.

—No entiendo nada —dijo él, tratando de no levantar la voz, pues le daba vergüenza protestar porque sus libros no estuviesen allí—. Si tanto le gustan mis libros, ¿por qué no están en esta librería?

—No es mi culpa —dijo ella, serenamente—. Me he cansado de pedirlos. La culpa es de la editorial. Mandaron muy pocos ejemplares, se agotaron y no han traído más. Pero créame, me he cansado de pedirles que necesitamos más libros suyos, el problema es que simplemente no los traen.

—No sé si creerle —dijo el escritor.

—Créame —dijo ella—. Tengo todos sus libros en mi casa. He leído todos sus libros. Usted es uno de mis escritores favoritos.

—Muchas gracias —dijo el escritor.

—Le prometo que haré todo lo posible para que traigan más libros suyos —dijo ella, que hablaba en voz muy baja y lo miraba a los ojos sólo un instante y luego desviaba la miraba con cierta timidez—. Si puede, hable con su editorial y dígales que nos ayuden, que manden sus libros. Le prometo que apenas lleguen, voy a ponerlos bien destacados en las vitrinas que dan a la calle.

—No hace falta, no hace falta —dijo él, avergonzado de haber montado esa escena—. Sólo quiero que si alguien viene a buscar un libro mío, sobre todo el último, pueda encontrarlo.

—Tiene toda la razón —dijo ella—. Yo siempre recomiendo sus libros, pero si no están, de nada sirve.

El escritor le dio la mano, le agradeció y dijo que volvería en unos días.

—Por favor, vuelva —dijo ella, sonriendo—. Voy a traer sus libros, así me los firma cuando regrese.

Cuando salió de la librería, el escritor ya no se sentía tan furioso ni se moría de hambre ni tenía ganas de llamar a protestar a la editorial. Caminó un par de cuadras y comprendió que no olvidaría a esa mujer de ojos tristes. Volvió sobre sus pasos, entró en la librería y le preguntó a qué hora terminaría de trabajar.

—A las diez de la noche, a esa hora cerramos —dijo ella.

—¿Puedo venir a esa hora y llevarte a cenar? —preguntó él.

—Encantada —dijo ella.

Así fue como conocí a Andrea. El lunes siguiente, creo que ya estaba enamorado de ella.

78

Soy un cerdo. Mi casa está inmunda. No la limpio hace meses. Nadie viene a limpiarla. No me gusta que entre gente extraña. En realidad, no me gusta que entre nadie, salvo Andrea.

Extraño a Mercedes. No he sabido nada de ella en tantos meses. Tengo los mejores recuerdos. Siento que cambió mi vida. Gracias a ella, pude perdonar a mi padre.

Una mañana he despertado de buen ánimo, me he subido a la camioneta y he manejado largas horas hasta llegar a la casa de Petronila, en ese cerro en el medio de la nada, bajo un cielo luminoso, transparente. Me he perdido varias veces, pero he conseguido llegar finalmente.

Ahora estoy tocando la puerta de Petronila. Nada ha cambiado, por lo visto. La casa sigue con telas de colores en las ventanas y los cuyes siguen dando vueltas por todos lados y las gallinas se acercan en busca de comida y un aire puro inunda mis pulmones y me hace pensar que debo venirme a vivir al campo y escapar de la ciudad. Toco la puerta, pero nadie abre y ya sé que Petronila es medio sorda, así que pateo levemente la puerta, que se abre con facilidad, y paso luego a la casa, que sigue tan polvorienta como la dejé.

—¿Mercedes? ¿Petronila?

Nadie responde. Se oyen unas voces que provienen sin duda del televisor encendido. Veo la mesa del comedor, los viejos muebles de la sala recubiertos por forros de plástico, la cocina a gas, las estampas religiosas de la niña justiciera presidiendo cada pequeño ambiente, y en el piso, los cuyes, decenas de cuyes, olisqueando todo y alejándose a mi paso.

—¿Petronila? ¿Mercedes?

Llego a la habitación temeroso de encontrar a alguien muerto o de no encontrar a nadie o de encontrar a un intruso, a un ladrón, pero por suerte no veo nada extraño, la cama está tendida, impecable, y los chanchos descansan, echados en la alfombra, la mirada fija en el televisor, y más allá, en la terraza y el huerto, Mercedes y Petronila hablan con alguien que no consigo reconocer. Sonrío, aliviado. Salgo en seguida a la terraza y digo:

—Buenas tardes.

Mercedes da un respingo y voltea, asustada. Al verla, su madre, que al parecer no ha oído nada, gira también con miedo. La tercera persona se pone de pie con cierta dificultad, trastabilla, saca una arma de fuego y dice con la voz trabada:

—¡Alto! ¡Identifíquese, carajo!

Es el mayor Julio Concha Fina, al parecer borracho, apuntándome con su pistola.

—Soy yo, Julián Beltrán, ¿no se acuerda de mí? —digo, nervioso.

—¡Joven, joven! —grita eufórica Mercedes, y viene corriendo hacia mí—. ¡Que alegría verlo por acá!

Mercedes me abraza con fuerza. Petronila se ha puesto de pie y me mira con desconfianza, masticando algo.

—Ah, es el blancón —dice.

Luego se dirige al mayor Concha Fina, que por suerte ha bajado la pistola, y le dice:

—Te jodiste, Concha. Te llegó la competencia.

Abrazo a Mercedes, le doy un beso en la mejilla y le digo:

—No sabes cuánto te he extrañado. Qué alegría verte. ¿Estás bien?

—Feliz, joven, feliz como lombriz —dice ella, sonriendo.

Está gorda y cachetona, su tez parece más rosada y exuda un aire de indudable felicidad. Lleva pantalones, sandalias y una blusa ancha, de colores. El pelo negro, con mechones canosos, está recogido atrás en una colita. Lo que más extrañaba de ella eran sus ojos, esos ojazos grandes, acuosos, de pescado, que miran con melancolía y bondad, los ojos de una niña vieja que no ha perdido su inocencia.

—Venga, salude a mi mamá y a Julito —me dice.

Me acerco a Petronila y al mayor Concha, que me miran con cierta hostilidad, como si no estuviesen seguros de que deberían alegrarse de verme allí.

—Petronila, cómo le va, qué gusto verla, ¿se acuerda de mí? —le digo, y hago el ademán de abrazarla, pero ella me mira con seriedad y clava el bastón en el piso, obligándome a mantener la distancia.

—¿A qué has venido? —dice, con mala voz—. ¿A llevarte a la gorda?

—No, qué ocurrencia —digo, sonriendo, pero ella no se ríe, y el mayor Concha tampoco.

Ambos huelen a trago barato. En el piso hay varias botellas de ron. El mayor tiene la camisa fuera del pantalón y la bragueta abierta. Me acerco a él y le doy la mano.

—Cómo le va, mayor —le digo.

—Acá, pues, ingeniero —dice él, con la voz pastosa y la mirada extraviada.

Sin duda está borracho.

—Si vienes por la gorda, vas a tener que agarrarte a trompadas con Concha —me dice Petronila, desafiante.

—¡Mamá! —se ríe Mercedes, y viene a mi lado y me abraza—. No digas tonterías. El joven viene de visita nomás.

—¡No lo abraces así, gordita, que yo no soy un venado para que me pongas los cachos! —grita el mayor Concha, furioso.

—Ay, flaquito, no seas exagerado —le dice Mercedes, y me suelta.

—Si tú eres su hembra, es normal que te cele —dice Petronila—. Tampoco eres cuy para cachar con quien quieras —sentencia, mirando con severidad a su hija.

—La vieja no cambia, es una boca sucia —me dice Mercedes al oído.

—¡Nada de secretos, gordita! —ruge el mayor Concha.

Luego enciende un cigarrillo, escupe y me mira con una extraña animosidad, al tiempo que dice:

—Para que te vayas enterando, acá la gordita es ahora mi señora, o sea que ¡más respetos, carajo, o te meto plomo en los huevos!

—¡Métele plomo, Conchita! —se alegra Petronila—. ¡Métele plomo al patrón blanco!

—¡Julio, deja de hablarle así al joven! —se enoja Mercedes—. Él es mi amigo nomás, no digan sonseras.

—¿Se han casado? —pregunto, sorprendido.

—No, pero cachan todo el día —responde Petronila.

—¡Mamá, cállate la boca! —le dice Mercedes, abochornada.

—Peor que cuyes —añade Petronila.

—No nos hemos casado, pero debes ir sabiendo que es mi hembrita la Mercedes —me advierte el mayor Concha, y echa una bocanada de humo.

—¡Felicitaciones! —digo, y abrazo a Mercedes.

—Ya, suave, no te propases, amigo —dice Concha Fina.

—No sabe lo bueno que es el Julito —me dice Mercedes, y va al lado de su amante, lo rodea con un brazo en la cintura y lo mira con orgullo—. Es el hombre de mi vida.

—Sírveme más trago, gordita —ordena él, con cierta brusquedad.

—Sí, flaquito —dice Mercedes, y echa más ron en el vaso sucio del mayor Concha.

Luego me pregunta:

—Joven, ¿se sirve un traguito?

—No, mejor no —digo.

—Debe ser rosquete —dice Petronila—. Los cabros no chupan. Tienen miedo que se les note la mariconada.

—Mejor, así no se mete con mi gordita —dice Concha, y escupe, espantando a las gallinas.

—Bueno, ya, un traguito por los novios —digo.

Mercedes me sirve ron en un vaso de vidrio.

—¿Y yo qué? —se queja Petronila, estirando su vaso, y Mercedes le sirve a ella también.

Ahora estamos los cuatro brindando, haciendo chocar nuestro vasos.

—Salud por los novios —digo.

—Salud por usted, joven, que nos ha traído tanta alegría —dice Mercedes, con una sonrisa.

—Salud por ti, gordita rica, ricurita —dice Concha Fina, mareado, y le da un beso baboso a Mercedes.

Petronila toma un largo trago de ron y eructa fuertemente.

—¿Usted no brinda, señora? —le pregunto.

—No, hijito —responde ella—. Yo chupo nomás. Ya estoy vieja para perder el tiempo en cojudeces.

Mercedes y Concha Fina se ríen de buena gana.

—Conchita, dame tu pistola —dice Petronila, tras dejar su vaso en la mesa llena de moscas.

El mayor no duda en pasarle su arma. Entonces Petronila la sujeta con la mano derecha, apunta hacia los cuyes y dispara tres veces. El eco de los disparos se pierde en las montañas. Mercedes suelta una risotada. Las gallinas se alborotan.

—Ya, suave, viejita, que las balas están caras —se queja Concha Fina.

Los cuyes huyen alarmados en todas direcciones. Tres han quedado muertos, ensangrentados sobre el polvo. Petronila deja la pistola, vuelve a eructar y pregunta con una sonrisa desdentada:

—¿Comemos?